ORC HERO STORY
オーク英雄物語
忖度列伝

Characters

ORC HERO STORY

「旅の目的は私的なことだ、簡単に言えば、探し物をしている」

Bash

ゼル

バッシュのかつての戦友で、好奇心旺盛なフェアリー。旅の道中で再会しバッシュの旅に同行する。

「旦那は自分で嫁探しの旅に出た……ってことっすね！」

Zell

バッシュ

全オーク族が憧れるオークの『英雄』。あらゆる者を打ち倒し、戦場に勝利をもたらした最強の戦士。

Judith

ジュディス

要塞都市クラッセルの新米騎士。
とある理由からオークに対し強い
恨みを持っている。

「オーク風情が私を
あまりイラつかせるなよ！」

「教養のある者は、
すでに自分で行動しているものな」

Thunder Sonia

サンダーソニア

戦争の際にデーモン王を倒した大英雄の
ひとりで、エルフの大魔導。バッシュとは
深い因縁があるようだが……。

「さてと……それじゃ、誰からいく？ やっぱカシラか？」
「オークってなぁ、女騎士が大好物なんだろ？」
……やめてくれ……」
「おいおい、そうじゃねえだろ騎士様。こういう時こそ、犯されるぐらいなら死を選ぶって気概を見せてくれなきゃあ面白くねえ」

近寄らないでー！

やだ、やだ、やだぁ！」

「おら、暴れんなって！」

「もう我慢できねぇ」

「いやぁ！

バグベアが地を蹴ると同時に、
鋭い一閃が放たれる。
……三匹のバグベアが、
一瞬で肉塊へと変わった。

あらゆる敵を真正面から打倒し、
あらゆる敵に恐れられた、オークの英雄。
正真正銘、オークの切り札。
その一撃は、誰も受けきれない。

ORC HERO STORY

CONTENTS

第一章　ヒューマンの国　要塞都市クラッセル編

オーク英雄物語

忖度列伝

理不尽な孫の手

ファンタジア文庫

2997

口絵・本文イラスト　朝凪

ORC HERO STORY
オーク英雄物語
忖度列伝

忖度（そんたく）：他人の心情を推《お》し量ること、また、推し量って相手に配慮《はいりょ》すること。

（出典：フリー百科事典『ウィキペディア（Wikipedia）』）

プロローグ

かつて、大きな戦争があった。

大きな大きな、長い長い戦争だ。

ヴァストニア大陸全土が戦場となった、いつ終わるとも知れない、泥沼《どろぬま》の戦争だ。

戦争の発端《ほったん》は、誰《だれ》も憶《おぼ》えちゃいない。

エルフの古い言い伝えによれば、最初はデーモンの王子が、とあるヒューマンの国の姫《ひめ》をさらったことだと言われている。あるいはドワーフの言い伝えでは、ヒューマンの王がデーモンの村を攻《せ》め滅《ほろ》ぼしたことだと言われている。

言い伝えを統合するに、ヒューマンとデーモンが発端であったのは間違《まちが》いないが、どちらが悪いなどと考える者は、とっくに生きちゃいなかった。

一つだけ言えるのは、その戦争は五千年以上続いたということだけだ。

ヴァストニア大陸に住む十二の種族を巻き込んで。

誰もが、この戦争は未来永劫《みらいえいごう》、ずっと続くものだと思っていた。生まれた時から戦時中。父も母も、祖父も祖母も、そうだった。誰もがそうだ。誰もが、平和な時代のことなんか憶えちゃいなかった。五百年の時を生きるというエルフですら、それは変わらない。

誰もが皆《みな》、自分たちは争うものだと考えていた。自分たちの子供も、孫も、ずっと戦い続けるものだと考えていた。何がきっかけで起きた戦争で、何をどうすれば終わるのか、知る者はおろか、考える者すらいなかった。

だが、そんな戦争は、ある日、あっけなく終わりを告げた。

戦争の発端は誰も覚えていないが、終わりの発端は誰もが覚えている。

デーモン王ゲディグズだ。

彼が現れたことで、戦況《せんきょう》は変わった。

このデーモン王ゲディグズというのは傑物《けつぶつ》であった。

歴代のデーモン王の中でも特にカリスマ性が高く、王として在位した百年でデーモン族を旗頭《はたがしら》としたオーガ、フェアリー、ハーピー、サキュバス、リザードマン、オークの七種族連合を一致《いっち》団結させ、種族共を組み合わせるという編成を考え出し、今までにない新しい戦闘《せんとう》教義を生み出したことで、ヒューマン率いる四種族同盟を圧倒《あっとう》し、その支配領域を大きく広げたのだ。

四種族同盟にとって悪夢のような出来事だった。

それまでの七種族連合は、共闘こそすれ、連携《れんけい》して攻めてきたことはなかった。

巨体《きょたい》で移動速度の遅《おそ》いオーガをハーピーが空輸したり、サキュバスの桃色濃霧《ももいろのうむ》チャームミストが蔓延《まんえん》する湿地《しっち》帯を、チャームの効かないリザードマンが突破《とっぱ》し強襲《きょうしゅう》してきたり……それまで偶発《ぐうはつ》的にしか起こり得なかった連携に、元々連携を磨《みが》いてようやく互角《ごかく》だった四種族同盟は抗《こう》することができなかったのだ。

だが同時に、チャンスでもあった。

デーモン王ゲディグズによってまとまった軍隊は、今までの七種族連合ではありえないほどに、一枚岩だった。

強いがゆえ、カリスマがあるがゆえ、彼自身が弱点となったのだ。

無論、それを四種族同盟が知っていたわけではない。

ただ、ひとまずゲディグズを倒《たお》さなければ、自分たちに待っているのは敗北だけだと容易に予想できたのだ。

かくして、ゲディグズは討《う》たれた。

レミアム高地の決戦で、ヒューマンの王子ナザール、エルフの大魔導《まどう》サンダーソニア、ドワーフの戦鬼《せんき》ドラドラドバンガ、ビーストの勇者レトの四人が率いる決死隊がデーモン軍の奥深くへと侵入《しんにゅう》し、デーモン王ゲディグズを討ったのだ。

多くの犠牲者《ぎせいしゃ》が出た。ドワーフの戦鬼ドラドラドバンガとビーストの勇者レトはゲディグズとの決戦で命を落とし、決死隊の半数以上が死んだ。

ゲディグズを討った後の撤退《てったい》戦で、ヒューマンの王子ナザールもまた重傷を負った。

ゲディグズ亡《な》き後の変化は劇的だった。

王を失った七種族連合は、またたく間に統率《とうそつ》を失った。それはもう、驚《おどろ》くほどにバラバラになった。

ゲディグズの代わりとなる者など、誰も用意されていなかった。

大まかな指示すら発する者がいなくなり、七種族連合の指揮系統は壊滅《かいめつ》的な打撃《だげき》を受けた。

七種族連合は、いつまで経《た》っても下りてこない命令を待ち、戦場を右往左往するしかなく……四種族同盟軍に掃討《そうとう》された。

各種族の王が自分で指揮を取らなければ、そのまま幾《いく》つかの種族は滅んでいただろう。

デーモン族を旗頭としていた七種族連合は散り散りとなり、ゲディグズが王として君臨する以前と同様、各種族でそれぞれ戦い始めた。

オーガはハーピーと、サキュバスはリザードマンと、オークはフェアリーと、それぞれ組んでいたため、互《たが》いに連携を取り合っていたが、あくまで戦術レベルのことでしかなく、各地で敗北を重ねた。

ゲディグズ王が死んで五年。たった五年で、七種族連合は全ての領土を奪《うば》われた。

百年の間に手に入れた領土を、全てだ。

七種族連合からしてみれば、そのまま攻め滅ぼされてもおかしくない状況《じょうきょう》であった。

それだけ四種族同盟には勢いがあった。

だが、和睦《わぼく》という案が出た。他《ほか》でもない、ヒューマンの王子ナザールが、四種族会議の場でその案を出した。彼らに最後のチャンスを与《あた》えよう。彼らに和睦を申し入れよう、と。

それは、長い長い戦争の中でも、特に激戦が繰《く》り返された百年間で疲弊《ひへい》しきった民《たみ》の声そのものだった。

実際のところ、四種族同盟も限界だったのだ。

ゲディグズが君臨した百年間で、ヒューマンもエルフもドワーフもビーストも数を減らしていた。

平均寿命《じゅみょう》は大きく減少し、子供をしっかりと育てるだけの土台すら消え失《う》せようとしていた。

誰もが休みたがっていた。もう勘弁《かんべん》してくれよと思っていた。

もし万が一、窮鼠《きゅうそ》となった七種族連合がまた一致団結して決戦となれば、どうなるか。

勝てるだろう。

だが、その後はどうなるのか。あるいは、そのまま共倒れになってしまうのではないか。選択権《せんたく》があるうちに、平和への舵《かじ》を取ろう。

ナザールはそう主張したのだ。

四種族同盟のお偉方《えらがた》は「彼らは絶対に和睦になど応じない」との考えを固持していたが、実際に和睦を申し入れてみると、不思議なことに応じない種族はいなかった。

言葉が通じるかすら不安とされていたオーガや、戦いとレイプこそが至上と言わんばかりのオークまでも、不利な条件を呑《の》んで、あっさりと和睦に応じた。

かくして戦争は終わった。

長い長い戦争は、ようやく終わりを告げたのだ。

◆

それから三年。

平和な時代にちなんで『平和暦《れき》』と名付けられた暦《こよみ》の三年目。

人々は長い戦争が終わったことで、何やら狐《きつね》につままれたような時を過ごしていたが、戦争によって破壊《はかい》された町が復興し、商人たちによる他種族との交易が軌道《きどう》に乗り始め、子供が生まれ、人口増加の気配が出始めると、誰もが次第《しだい》に平和を自覚し始め、新しいことを始めるようになっていった。

学問、芸術、商売、娯楽《ごらく》……それまで軽視されていたものが重要視されるようになり、各種族の常識も変化し始めていた。

新たな時代は幕開けを終え、次なる一幕へと進もうとしていた。

この物語はそんな時代の、ある種族の国から始まる。

オークの国である。

C HERO

要塞都市クラッセル編

Episode Clasel

OR

第一章

ヒューマンの国

Human country

STORY

1．英雄《えいゆう》の出発

オーク。

緑色の肌《はだ》と長い牙《きば》、毒や病の効かぬ強靭《きょうじん》な肉体を持った、好戦的な種族。

特筆すべきは、強い性欲《せいよく》を持っているということだろう。

彼らにとって繁殖《はんしょく》とは、生物的に必要な行為《こうい》であると同時に、日常的に行われる娯楽でもある。

戦い、食い、犯《おか》す。

オークにとって、戦いで手にした首の数と、女に産ませた子供の数は同等の価値を持つ。

多くの子供を残し、戦いの中で死ぬ。それこそが、オークが求める最高の生き様である。

丈夫《じょうぶ》な身体に強い繁殖力。

生物としてこれ以上ない条件を備えた彼らだが、実は一つ欠点も抱《かか》えている。

それは『基本的に雄《おす》しか生まれず、他種族の胎《はら》を借りなければ繁殖できない』というもの。

戦争中は敵国の女兵士を捕《ほ》虜《りょ》にしては、使い物にならなくなるまで子供を産ませていたという事実があり、一部の種族からは蛇蝎《だかつ》のように嫌《きら》われている。

「おい、あそこにいるの……『ヒーロー』じゃねえか？」

バッシュ。

そう名付けられた男は、オークという集団の中において抜《ぬ》きん出た力を持つ、優秀《ゆうしゅう》な戦士であった。

彼は戦場に誰《だれ》よりも早く駆《か》けつけ、誰よりも長く前線に残り、誰よりも多くの敵を倒《たお》した。

数多《あまた》のオークが彼に救われ、数多の戦場が彼の手によって勝利へと導かれた。

どんな強大な敵であろうと真正面から立ち向かい、そして打ち倒す姿は、まさにオークの理想を体現した姿であると言えた。

その功績を讃《たた》えられ彼には『ヒーロー』の称号《しょうごう》が与えられた。

ヒーロー。すなわち、英雄。

その称号は、オーク最強を示すものであり、最高の名誉《めいよ》であった。

当然、全オークの憧《あこが》れの対象でもある。

「くぅ……『ヒーロー』、やっぱかっけぇよな！」

「俺、前から『黒頭《ブラックヘッド》』を倒した時の話とか聞いてみてぇと思ってたんだよなぁ……」

英雄の称号を得たバッシュは、あらゆるものを手に入れた。

大きな家。立派な武具。食いきれぬほどの食料。使いきれぬほどの特権。そして、全オークからの尊敬と信頼《しんらい》。

オークの若者が欲《ほ》しいと思うものの、ほぼ全《すべ》てだ。

「……お、俺、ちょっと行ってくる」

「馬鹿野郎《ばかやろう》！　お静かにお酒をお飲みになられてんのがわかんねぇのかよ！」

「わ、わりぃ……そうだよな。俺らが気安く話しかけていい相手じゃねえよな」

そんなバッシュには、悩《なや》みがあった。

彼は周囲からあらゆるものを手に入れたと思われているが、実はまだ手に入れていないものがあったのだ。

いや、手に入れていないという言い方はおかしい、あえて言うなら、持っていてはいけないものをまだ捨てられずにいた、とでも言うべきか。

さながら、不滅《ふめつ》の火にくべられた古《いにしえ》の指輪のように……。

「確かに、俺だって『ヒーロー』の話は聞きてえよ？　それこそ、女の好みとかもさ！」

「ヒーローの女の好みかぁ……やっぱヒューマンかな？」

「ばっか！　あの『ヒーロー』だぞ？　ヒューマンやエルフなんて雑多な女、戦中に抱《だ》きすぎて飽《あ》き飽きしてんだろ。最近は繁殖場の方にも姿を見せてねえらしいしな」

「ヒューマンやエルフに飽きてる……じゃあ、まさかドラゴニュートとか？　あの伝説の種族を⁉」

「ありうるぜ！　『ヒーロー』ならな！」

バッシュは酒場で一人、カウンターに腰掛《こしか》けて火酒を飲みつつ、今日も悩んでいた。

一体どうすればそれを捨てられるのか……。

いや、捨てるだけならすぐにでもできる。しかし、このオークの国において、バッシュは非常に注目されている。捨てれば、必ず見られてしまう。そして知られてしまう、今まで〝持っていた〟という事実を。

オークの英雄として……いや、一人のオークとして、それを知られるわけにはいかなかった。

知られれば、その瞬間《しゅんかん》、バッシュの誇《ほこ》りと矜持《きょうじ》は脆《もろ》く崩《くず》れ去ってしまうだろう。

全てのオークから寄せられていた尊敬は、一瞬にして嘲笑《ちょうしょう》へと変わるだろう。

バッシュのなけなしの自尊心はズタボロに傷つき、翌日から頭陀袋《ずだぶくろ》でもかぶって生きていかなければならなくなる……もはや生きてすらいけない。

「お、俺、やっぱ、聞いてみる！」

「やめとけって、不敬すぎんだろ」

「いーや！　今まで抱いた中で一番いい女は誰だったか聞くぐらいなら、そんな失礼じゃないはずだ。ヒューマンの女騎士《きし》か、エルフの女将軍か、ビーストの姫君《ひめぎみ》かはわからねぇけどな！」

　バッシュは立ち上がった。

　身長は二メートル強。オークの中では小柄《こがら》ながらも、その体中についた傷は歴戦を物語り、引き締《し》まった筋肉はこの場にいる誰より密度が高かった。

　そして言わずもがな、物腰には隙《すき》が無く、全身からは近寄りがたいオーラが溢《あふ》れていた。

　彼はギロリと、自分に向かってこようとする男の方を睨《にら》んだ。

「……」

　一睨みで、オークの男は止まった。

「す、すみません！　こいつ、ちょっとミーハーで、よく言って聞かせときますんで……」

　とっさにもう一人が頭を下げた。

　オークが睨まれた程度で頭を下げるなど、恥《はじ》以外の何ものでもない。

が、相手が『ヒーロー』とあれば話は別だ。むしろ頭を下げない方が恥である。

「フン」

バッシュは鼻息を一つ。酒場の出口へと歩いていった。

「ほわぁ……かっけぇ……」

その一連の流れに、周囲のオークたちは感嘆《かんたん》の声を漏《も》らした。

圧倒的《あっとう》だった。まさに強者《つわもの》だった。

普通《ふつう》のオークなら、あんな風に若者に憧れの眼差《まなざ》しで近づいてこられたら、すぐに相好《そうごう》を崩し、自慢《じまん》話を始めてしまうところだ。

『なんだぁ若造、俺様の話を聞きてぇのか？　ガハハ、いいぜ教えてやるよ。あれはアルカンシェル平原での戦いの時だ。俺様は敵の大群に向かって勇猛果敢《ゆうもうかかん》に云々《うんぬん》カンヌン、すると敵の某《なにがし》が云々カンヌン……』

無論、それもいい。

オーク的価値観で言うと、自慢話もまたオークの戦士らしい振《ふ》る舞《ま》いである。戦場での自分の功績を自慢して、何が悪い。当然の権利である。

あるいは虫の居所が悪いと、若者をぶん殴《なぐ》っただろう。

『目障《めざわ》りだコラ！　静かに酒飲んでんのがわかんねぇのか！』

それもいい。若造に、獰猛《どうもう》な戦士がいかなるものかを実地で教えてくれるのもまた、オークだ。

この若者とて、バッシュに殴られるのなら本望《ほんもう》だろう。一生の思い出として、宝箱にでもしまっておくかもしれない。

しかしバッシュが見せたのは、それらよりも上だ。

彼が見せたのは、まさに『お前のような木っ端《こっぱ》のオークなど相手にしない』という意思表示だ。

そうとも。オークの強者はこうでなければいけない。

これこそが猛者《もさ》の風格だ。英雄は、そこらの雑魚《ざこ》なんか相手にしちゃいけないのだ。

自分たちは、そんなバッシュと同じ空間で酒を飲んでいた。

若者たちにとっては、それだけで十分だった。それほど、バッシュの振る舞いは格好良かった。

胸がいっぱいになるほどに。

「くぅ……俺もあの人みてぇになりてえぜ」

「バーカ、一生無理に決まってんだろ！」

「わかってんよ！　でも聞いてみたかったな、今まで抱いてきた女の話……」

酒場の中から聞こえてくるそんな声を聞きながら、バッシュは小さくため息をついた。

あるいは、見る者が見れば、帰路に就《つ》くその分厚い背中は心なしか小さく見えるのがわかっただろう。歩幅《ほはば》も若干《じやっかん》狭《せま》く、どこか怯《おび》えているようにさえ見えただろう。

そう、まさに今の若者は、バッシュの悩みを直撃《ちょくげき》していた。

今まで抱いてきた女？

今まで抱いた中で一番いい女？

そんなものを聞かれても、困ってしまう。

なぜなら彼の悩み。全てを手に入れた彼が、未《いま》だに捨てられていないもの。

それは……。

「はぁ、憧れるよな。一体今まで、何人の女を犯して孕《はら》ませてきたんだろうな……」

（……ゼロだよ）

童貞《どうてい》だった。

◇

バッシュは長い戦争の中で生まれた。

戦争中、捕虜となり犯《おか》され尽《つ》くしたヒューマンの雌《めす》の胎《はら》から這《は》い出てきたグリーンオーク。

それが彼だ。

彼は生まれて五年目に剣《けん》を持たされ、十年目に戦場に出て、敵を倒した。

いかに戦《いくさ》好きのオークといえども、十歳での初陣《ういじん》は早い。

十歳など、さすがに戦士として数えるのもおこがましいほどの年齢《ねんれい》だ。

実際、十歳そこそこで初陣を飾《かざ》るオークのほとんどは、木っ端の如《ごと》く若い命を散らせる。

が、当時はデーモン王ゲディグズの考えた戦闘《せんとう》教義があったお陰《かげ》で、十歳の若いオークでも、それなりの生還《せいかん》率を誇るようになっていた。

あくまで〝それなり〟であるが……。

幸いにして、バッシュは死ななかった。

最初の一年目こそ何度も死にかけたが、二年目には一人前の戦士になり、三年目には一流の戦士になり、四年目には屈指《くっし》の戦士となり、五年目にはオークの国において並ぶ者のない最強の戦士となった。

最強の戦士。

そう、彼は戦いの申し子だったのだ。

戦場は常に劣勢《れっせい》だったが、バッシュのいるところだけは違《ちが》った。

彼のいる戦場では、ヒューマンやエルフ、ドワーフの血の雨が降り、臓物が撒《ま》き散らされた。

そこにどんな相手がいても、バッシュは戦い、勝った。

猛者と呼ばれる者、剣豪《けんごう》と呼ばれる者、修羅《しゅら》と呼ばれる者、あらゆる者を打ち倒し、戦場に勝利をもたらした。

その上、バッシュは休まなかった。

バッシュは一つの勝利をもぎ取ると、すぐに次の戦場へと向かった。

戦いに次ぐ戦い。

疲《つか》れ知らずの最強の戦士は、昼夜を問わず戦い抜《ぬ》いた。

休息を取るのは三日に一度、万能薬《ばんのうやく》たるフェアリーの鱗粉《りんぷん》をその身に振りかけ、ほんの僅《わず》かな時間、眠《ねむ》るだけだ。

バッシュはそれに何の疑問も抱《いだ》かなかった。自分はオークの戦士として、当然の行動をしていると思っていた。

バッシュの戦闘力は圧倒的だった。

各国から「異常なオークがいる」と恐《おそ》れられた。

実際に戦い、生き延びた者は「あれは、戦いの神グーダゴーザの化身《けしん》だ」と怯えた。

戦後、ヒューマンの大将軍に「あのオークが戦場に出てくるのがあと五年早ければ、負けていたのは我らだったかもしれない」とまで言わしめた。

しかし、そんなバッシュも所詮《しょせん》は個人。

腕《うで》っぷしが強いだけの一兵卒でしかない。

局所では勝利できても、大局を変えるほどの力はなかった。

バッシュが戦いを始めて十年目にデーモン王ゲディグズが討《う》たれ、十五年目に戦争は終結した。

戦争には負けたが、バッシュは英雄《ヒーロー》の称号《しょうごう》を得て、多くのものを手に入れた。

大きな家と、食いきれないほどの食料と、立派な武具を手にいれ、国に存在するありとあらゆるオークからの羨望《せんぼう》の眼差し。

しかし、気付いた。

いや、知ってしまったと言うべきか。

普通、オークというものは、戦いばかりをするものではないのだ、ということに。

普通、戦いが終わったら、女は持ち帰り、犯すものだった、ということに。

戦争が終わった時、肩《かた》を並べて戦った戦士たちの中に、童貞なんて一人もいないのだということを。

今更《いまさら》言い出せなかった。

自分に経験がない、などとは。自分が童貞である、などとは。

知ったのが、あまりに遅《おそ》かった。もし戦争中であったなら、話は違っただろう。

いつものように敵部隊を壊滅《かいめつ》させ、残った女兵士を木陰《こかげ》にでも連れ込み、華麗《かれい》に脱《だつ》童貞すればよかった。そして何度か練習を重ね、これは！　と思った女を連れ帰り、子供の一人や二人でも産ませておけばよかったのだ。

だが、今はできない。

オークの所属する七種族連合は敗北した。

オークもまた和睦《わぼく》に応じた。

無条件降伏《こうふく》ともいえる条約を結んだ。

そして、その条約の中には「他種族との合意なき性行為《せいこうい》を禁じる」というものがあった。

つまりレイプ禁止である。

当然とも言える条約であるが、オークにとって信じられないものであった。

それを禁止されたら、繁殖《はんしょく》ができない。滅《ほろ》ぶしかないじゃないか。

が、呑《の》むしかなかった。

今すぐ滅ぶよりはマシだった。

滅んだ方がマシだ。最後の一人になるまで戦おう……という意見も上がったが、オークキングがねじ伏《ふ》せた。

幸いにして、他種族から死刑囚《しけいしゅう》や重犯罪者などの『奉仕役《ほうし》』が送られてくることになり、繁殖できずに全滅するという懸念《けねん》は無くなった。『奉仕役』とは、繁殖場に繋《つな》がれ、オークの相手をすることとなった者たちだ。少なくとも子供が産める間は、オークの子供を産み続けることになる。

なのでぶっちゃけた話、バッシュは童貞を捨てることはいつでもできた。

繁殖場に行き、『奉仕役』を使えばいいのだ。簡単だ。

『奉仕役』の使用は、戦争中の功績に応じた優先順位が定められているが、バッシュなら待ち時間はゼロだ。すぐに童貞を捨てられるだろう。

だが、バッシュが繁殖場に行けば、他の者たちがワラワラと寄ってくるだろう。

今日は、『英雄』の雄々《おお》しく堂々とした交尾《こうび》が見れるぞ、と。

……言うまでもないことだが、童貞《バッシュ》にそんな猛々《たけだけ》しい交尾ができるはずもない。

彼にできるのは、初々《ういうい》しく、たどたどしく、無様で滑稽《こっけい》な、オークにとって童貞にしか許されないレベルの、恥《は》ずべき交尾だけだ。

そう、このオークの国で童貞を捨てるということは、童貞であったということがバレるということなのだ。

バッシュとしては、それは避《さ》けなければならなかった。

そんな恥《はじ》を晒《さら》すわけにはいかなかった。

一人の男として恥ずかしいということもあるが、バッシュはオークの英雄だ。

英雄は常にたった一人。誉《ほま》れ高き、誇《ほこ》り高き存在だ。オークの英雄が童貞だなどと知れ渡《わた》れば、オークという種族全体の誇りが傷つく。バッシュが童貞であることは、一生隠《かく》し通さなければならない事実なのだ。

かといって、一生童貞でいるつもりもなかった。

バッシュとて若いオークだ。

女を押し倒し、その胎内《たいない》に己《おのれ》の獣欲《じゅうよく》を解き放ち、子を孕ませたいという欲求《よっきゅう》は、強く持っていた。

それだけではない。

強い戦士には、子供を残す義務もある。

オークキングからも、早く繁殖場の雌を孕ませて子供を作って欲しいと、強く願われていた。

ああ、でも童貞ってバレるのは恥ずかしい。

オークにとって童貞というのは、非常に恥ずべきことなのだ。

バッシュは童貞であるが、それでも、オークの英雄としての矜持《きょうじ》を持っていた。

酒場で自分を羨望の目で見てくる若いオークたちを失望させたくなどなかった。

そんな感情の板挟《いたばさ》みになったバッシュは、悩《なや》みに悩んだ。

戦争が終わって三年間、悩み続けた。

しかし、二十八。

バッシュは今年で二十八歳になった。

あと二年、童貞で居続ければ、魔法《まほう》が使えるようになってしまう年齢である。

オークは特殊《とくしゅ》な訓練を積まなくとも、三十歳を迎《むか》えて童貞であれば、魔法が使えるようになってしまう。

オークメイジは貴重な戦力である。

大半が戦士であるオークにとって、魔法を使えるというだけで貴重だ。

彼らは女と切り離《はな》された特殊な環境《かんきょう》で隔離《かくり》されて育てられ、魔法が使えるようになると、額に紋章《もんしょう》が浮《う》かび上がる。

その紋章を持った者は基本的に敬われる。

三十年間我慢《がまん》し、国に貢献《こうけん》した証《あかし》だからだ。

が、それはあくまでオークメイジの話だ。オークウォリアー、つまり戦士にこの紋章が付くのは、これ以上ないほどの恥だと言われていた。

『魔法戦士はオークの恥部《ちぶ》』とは、古くから伝わる格言である。

オークにとって、戦場で女兵士を倒すということは、連れ帰ってレイプするというのと同義である。つまりオークの魔法戦士とは、『十数年も戦場に出ているのに、一度も勝てないぐらい弱く臆病《おくびょう》な戦士』を指すのである。

生き恥だ。

そんな恥を晒すぐらいなら、戦場で華々《はなばな》しく散りたい。

ともあれ、そんな年齢《ねんれい》まであと二年。

黙《だま》っていても、自分が童貞《どうてい》だったということがバレてしまう。

「よし」

そこで、彼は決意した。

◇

その日、バッシュは目覚めると、己の愛剣を手に取った。

よく整備された剣は、戦場に出て六年目、戦場にてデーモンの部隊を救出した際、お礼としてデーモンの将軍から贈《おく》られた物である。

肉厚で頑丈《がんじょう》、錆《さ》びず、切れ味も落ちない魔法の剣だ。

その頑丈さのお陰《かげ》で、バッシュはその後、一度たりとも武器を失わずに戦い続けることができた。

まさに相棒である。

そんな剣を背負い、皮鎧《かわよろい》を身に着けた。オークは階級が上がるにつれ、重厚な防具を身に着けることを許される。

英雄たるバッシュは、その最上位である金属製の全身鎧を身に着けることができたが、身に着けたのは自分が慣れ親しんだ軽鎧《けいがい》だ。

鎧など、どうせ一日戦えば壊《こわ》れてしまうのだから、着けるだけ無駄《むだ》ぐらいに思っていた。

その後、家の中を簡単に掃除《そうじ》した。

掃除が得意なオークは、意外に多い。なぜなら、戦場においては、己の痕跡《こんせき》を消す必要に迫《せま》られる時があるからだ。優秀《ゆうしゅう》な戦士は、痕跡は愚《おろ》か、足跡《あしあと》一つ残さない。

バッシュも掃除は得意だ。

とはいえ、バッシュもそこまで徹底《てってい》して掃除するつもりはなかった。

適度に片付けた後、バッシュは家から出た。

「……」


バッシュは家から出て、一度だけ振《ふ》り返り、見上げた。

バッシュの家は、オークの国において、二番目に大きな家だ。

だが、この家はバッシュが一人で住むには大きすぎた。

本来なら客人が毎日のように押しかけ、連日連夜、酒盛りをしながらバッシュの武勇伝を聞く宴《うたげ》が開かれるところであっただろう。

だが、童貞であることをひた隠しにしたいバッシュは、決してその宴を許さなかった。

武勇伝を話すことになれば、女性経験も話さなければならないからだ。

バッシュは踵《きびす》を返すと、目的地への道を歩き始めた。

「あ、バッシュさんだ……」

バッシュが道を歩くと、オークの戦士たちが頬《ほお》を赤く染めながら道を譲《ゆず》った。

普段《ふだん》は「道？　譲ってほしけりゃ殺してみな。てめぇの胴体《どうたい》と首がオサラバする前にな」

なんて言うオークの戦士たちが、だ。

「今日も『ヒーロー』はかっけぇぜ……」

「あの方向、族長のところにいくのかな？　何の話だろう？」

「まさか、次期族長の話じゃねえか？」

「えぇ～、バッシュさんが次の族長かよぉ！　やっべぇじゃん。マジヤバじゃん。俺、絶対に一番に忠誠誓《ちか》うよ」

「バァッカ、お前……俺が一番に決まってんだろぉ？」

そんな声を聞きながら、バッシュは一軒《いっけん》の巨大《きょだい》な建造物の前にたどり着いた。

巨大な骨と大木を組み合わせて造られたそれは、オークの里で最も巨大な建造物だ。

中に入ると、大きな広間となっていて、いくつもの篝火《かがりび》がたかれている。

最奥《さいおう》では、数人のオークたちが床《ゆか》に座り、共に食事を摂《と》っていた。

「バッシュさん……！」

「親父《おやじ》、バッシュさんっすよ」

「バッシュさん、飯一緒《いっしょ》にくいますか？」

地面に座る者たちは、口々にバッシュを歓迎《かんげい》した。

彼らはバッシュと同年代であるが、全員が例外なくバッシュにあこがれていた。

バッシュが戦場で活躍《かつやく》し始めた頃《ころ》はバッシュを嫌《きら》っていた者もいたが、今では誰《だれ》もがバッシュのようになろうとしていた。

バッシュはオークたちのヒーローなのだ。

「バッシュ、か……」

そんな中、バッシュをにらみつける者がいた。

最奥、ただ一つだけある豪華《ごうか》な椅子《いす》に座る、巨大なオークである。

白いヒゲを生やした初老のオークだが、その大きさはバッシュの二倍近くあり、脇《わき》には身長ほどもある鉄槌《てっつい》が置かれていた。

彼の名はネメシス。

オークキング・ネメシス。

その性格は剛毅《ごうき》にして蛮勇《ばんゆう》。終戦間際《まぎわ》まで前線で戦い続けたオークの中のオークであり、全《すべ》てのオークから父と慕《した》われる者でもあり、オークの王である。

バッシュもまた、彼を尊敬し、そして忠誠を誓っていた。

「何の用だ？」

ネメシスの視線は、非常に強かった。

通常のオークであれば、泡《あわ》を吹《ふ》いて失神するほどの強さだ。

「……」

だが、バッシュは動じない。ただ瞳《ひとみ》に決意の炎《ほのお》をもやし、ネメシスを見返すのみだ。

その炎にあぶられてか、ネメシスはフッと笑った。

「息子《むすこ》たちよ、少し席を外せ」

そして、周囲で食事を摂っていた息子たちを、別室へと下がらせた。

息子たちは、自分の食料を手に持つと、文句も言わずに席を立った。

王と英雄《えいゆう》の会話。聞きたくてたまらないが、彼らもまた戦争を戦い抜《ぬ》いたオークの戦士。

命令とあらば従うのが戦士の掟《おきて》だ。

名残惜《なごりお》しそうにしつつも、そのまま家の外へと出ていった。

「……」

二人きりになった後、バッシュはネメシスの正面に座った。

間には残った食べかけの料理が幾《いく》つか置かれているが、どちらも手を付けることはない。

「……」

「……」

しばらく、二人は黙って見つめ合っていた。

その沈黙《ちんもく》は、大声で喚《わめ》き散らすように話すのが好きなオークとは思えないほど、長く続いた。

だが、永遠に続くわけではなかった。

篝火がバチリと音を立てるのと同時に、ネメシスが口を開いた。

「その目、すでに決意は固いようだな」

「はい、俺は……」

「みなまで言うな、わかっておる」

バッシュが決意を口にしようとすると、ネメシスが遮《さえぎ》った。

「お前が繁殖《はんしょく》場にほとんど顔を出しておらぬことぐらい、耳に入っておるからな……」

ネメシスは、鋭《するど》い視線をバッシュへと送りつつ、言った。

「探しにゆくのだろう、妻を」

「！」

オーク社会は乱交社会である。

一人の女性を多人数でシェアし、多くの子供を産ませるのが常だ。

しかし、一部の優秀な血を残すため、戦争で功績を残した戦士には、妻を娶《めと》る権利が与《あた》えられている。

妻とはすなわち、自分専用の女である。

自分の身の回りの世話をし、そして自分だけの子供を産む存在。

それを手に入れるのは、まさにオーク人生の最終目標といっても過言ではないだろう。

妻というのは、特別な存在だ。

限られたオークにのみ許される、勲章《くんしょう》のようなものだ。

ゆえに極上《ごくじょう》の女が求められる。例えばそれは、国で一番と謳《うた》われる美姫《びき》であったり、女だてらに騎士《きし》団長まで上り詰《つ》めた女騎士であったり、千年に一度の天才と呼ばれる女魔術《まじゅつ》師《し》であったり。

そうした特別な存在を捕《つか》まえ、屈服《くつぶく》させ、妻とする。妻が特別であればあるほど、旦那《だんな》となるオークの格も上がる。

バッシュはオーク史に残るほどの英雄だ。

その妻となれば、相当な女であることが求められる。

繁殖場に繋《つな》がれている、他国の重犯罪者や奴隷《どれい》では務まらない。

むしろ、英雄であるバッシュがその程度の相手を抱《だ》くのは、オークの誇《ほこ》りに傷を付けることにすらなる。

だからこそ、バッシュは自分で探しに行くと言っているのだ。

オークの誇りに傷を付けぬために。

と、オークキングは、考えていた。いやさ、見抜いていた。まさに慧眼《けいがん》であると、オークの誰もが褒《ほ》め称《たた》えるだろう。

実際は節穴だが。

「お見通し……でしたか……」

バッシュは恥《は》じ入るように顔を伏《ふ》せた。

その顔は真っ赤だ。まさか、王にバレているとは思わなかったのだ。自分が童貞《どうてい》であることが。

それだけではあるまい。妻という単語まで出てきたのだ。

オークの国を出て、どこか別の場所でこっそり童貞を捨てようと思っていたこと、できれば最初の相手は処女がいいと思っていること、その処女を妻にして練習しまくろうと思っていること……そうしたことを全て見透《みす》かされていたのだ。

恥ずかしくないわけがない。

オークの英雄ともあろう者が、そんな童貞丸出しの思考で旅に出るなど。

それも、全オークの父とも言える相手に知られてしまうなど。オークの恥晒《はじさら》しと誹《そし》られてもおかしくはない。

まぁ、実際には何も知られてはいないのだが、バッシュもオーク……ネメシスをまさに慧眼だと褒め称えた者の一人だった。

「キング、止めないでくれ。俺には……」

「止めはせぬ」

バッシュの言い訳じみた言葉を、ネメシスは手を上げて遮った。

そして、自嘲《じちょう》げな笑《え》みを浮《う》かべた後、何かに耐《た》えるように目をつむり、言った。

「行くがよい。皆《みな》には黙《だま》っておこう」

ネメシスは常々申し訳なく思っていた。

せめて戦争中であれば、あるいはせめて「他種族との合意なき性行為《せいこうい》を禁じる」という条約さえなければ、族長として、バッシュに妻を見つける機会を与えてやれたものを、と。

英雄に、その功績にふさわしい暮らしをさせてやれたのに、と。

今は戦争が終わり、条約もある。

そんな状況《じょうきょう》で、妻にふさわしい極上の女を見つけてくるのは、並大抵《なみたいてい》のことではない。

オークがレイプ以外で女を娶ったというのは、戦争が始まって五千年……ついぞ前例がない。

まさに試練だ。試練を自らに課そうというのだ。まさに英雄だ。

オークの英雄が、英雄たらんと試練の旅に出る。

国元で悠々自適《ゆうゆうじてき》に暮らせるというのに、旅に出てくれる。

オークは戦争に負けてなお、誇りを失っていないと証明しようとしてくれる。

これを止めて、何が王か。

「……感謝します」

バッシュは静かに頭を下げた。

英雄となり、オーク最強と呼ばれるようになった今でも、王には勝てる気がしなかった。

力は自分の方が上かもしれない。

戦えば、自分が勝利するだろう。

だが、自分の考えや浅ましさを瞬時《しゅんじ》に見抜き、しかし決して嘲笑《ちょうしょう》することなく、名誉《めいよ》を回復する機会と時間を与えてくれる。これほどの思慮《しりょ》深さを持ち、配下思いで優《やさ》しいオークは、他《ほか》にはいまい。

(彼こそまさにオークキング。王の名を冠《かん》するにふさわしい男だ。この御方《おかた》が死ぬまで、自分はこの御方に忠誠を誓《ちか》おう)

バッシュは改めて、そう思うのだった。

◆

こうして、バッシュは旅に出た。

童貞を捨てるための、長い長い旅に……。

2. フェアリー

バッシュは森の中を歩いていた。

堅《かた》く尖《とが》った樹木の立ち並ぶ鬱蒼《うっそう》とした森、道はなく、時折獣道《けものみち》が横切る程度。

人が通れば傷だらけになるような藪《やぶ》は、しかし、オークの硬《かた》い皮膚《ひふ》はものともせず、長年の戦争において培《つちか》われた勘《かん》は方向感覚を狂《くる》わせることもなかった。

向かう先は東。

オークの国の隣《となり》に位置するヒューマンの国である。

戦争に勝利した四国のうち、特に戦功があったということで、現在は最も大きな領土を持っている。オークの国の領土のほとんどを取得したのもヒューマンである。

無論、オークはそのことに怨《うら》みなど持っていない。勝者が全てを手に入れるのは、戦いの常識だからだ。

なぜヒューマンの国に向かっているのか。

それには、単純明快な理由があった。

『繁殖するならまずヒューマン』。

オークの格言の一つである。

ヒューマンは繁殖力が強く、非常に孕《はら》みやすく、個体差はあるが体も丈夫《じょうぶ》で、見た目も悪くない。

オークにとって繁殖に非常に適した種族であった。

バッシュはその格言に迷うことなく従ったのだ。

（懐《なつ》かしいな……）

藪をかき分けて進みながら、バッシュは昔のことを思い出していた。

ほんの三年前、この森は激戦区だった。

今はもうないが、この森の奥地にはオーク族の最後の砦《とりで》が存在しており、ヒューマンの主力がその砦を陥落《かんらく》させようと、猛攻撃《もうこうげき》を仕掛《しか》けてきたのだ。

バッシュは当時、その砦を守るべく、この森を走り回り、人間の部隊を叩《たた》いて回っていた。

その奮闘《ふんとう》の甲斐《かい》あって、ヒューマンに砦を落とされることなく、終戦を迎《むか》えるに至った。

だが、その砦も結局、戦争終結と同時に取り壊《こわ》された。

あの戦いでバッシュは、三ケタに及《およ》ぼうかというヒューマンの部隊を撃破した。

その中には、女兵士も大勢いた。

あの内の何人かを持ち帰っていれば、バッシュはすでに童貞ではなかったはずだ。

その場合、砦は陥落しただろうが、どうせ取り壊されるのであれば一緒《いっしょ》であろう。

しかし皮肉なものだ。

もしそうなっていれば、バッシュが英雄《えいゆう》の称号《しょうごう》を得ることもなかっただろうから……。

「ん？」

バッシュが昔の己《おのれ》の行動の是非《ぜひ》を問うていると、遠くの方から、かすかに血の臭《にお》いが漂《ただよ》ってきた。

どこかに怪我《けが》をした動物がいるのか。

あるいは、狼《おおかみ》共が縄張《なわば》り争いでもしているのか……。

「行ってみるか」

バッシュは何の躊躇《ちゅうちょ》もなくそうつぶやき、駆《か》け出した。

単なる好奇心《こうきしん》ではない。食料を確保するつもりだった。

動物を捕まえるのは容易ではないが、手負いなら体力の低下も早いし、血を流しているなら臭いでの追跡《ついせき》も簡単だ。手負いの獣は抵抗《ていこう》が激しい時もあるが、バッシュにとってそんな抵抗など、あってないようなものだ。

戦争中も、何度か争って傷ついた動物を捕まえたものである。

「……」

バッシュは疾風《しっぷう》のように森を駆けた。

オークは鈍重《どんじゅう》であると言われているが、彼にそれは当てはまらない。

バッシュは、あらゆるオークの中で最も速いと言われる俊足《しゅんそく》を持っていた。

そして強靭《きょうじん》な皮膚は、生《お》い茂《しげ》る藪や、突《つ》き出た枝葉では傷一つつかず、鋼鉄のような肉体は障害物の多い森でも減速することはない。

バッシュはとんでもない速度で、現場へと急行した。

◆

バッシュがたどり着いた時、戦いは佳境《かきょう》を迎えていた。

轍《わだち》があるだけの狭《せま》い道の外れで、車軸《しゃじく》の折れた馬車が横転している。地面には食料品や調度品が散らばり、馬の死体が転がっていた。

立っているのは二人のヒューマン。二人は剣《けん》を持ち、敵と対峙《たいじ》していた。

ヒューマンを囲んでいるのは、バグベアと呼ばれる二足歩行の熊《くま》のような魔獣《まじゅう》であった。

バグベアの数は六匹《ぴき》。

(バグベアの群れが行商人を襲撃《しゅうげき》した、というところか)

その様子を見て、バッシュはそう結論付けた。

珍《めずら》しくもない。戦争が終わって数年、世界は平和になったが、人を襲《おそ》う獣が消滅《しょうめつ》したわけではない。町の一歩外に出れば、弱肉強食の世界が待っているのだ。

「……！」

「グルルル！」

バッシュがガサガサと音を立てて茂みから出ていくと、バグベアたちが気付いた。

三匹《びき》はヒューマンを睨《にら》んだまま、残り三匹がバッシュの方を向くと、全身の毛を逆立てて唸《うな》り声を上げてきた。

バッシュは立ち止まることなく、バグベアたちを睨みつけた。

そして間髪《かんはつ》を容《い》れず、叫《さけ》び声を上げた。

「グラァァァァオオオオォ！」

ウォークライ。

それはオークが戦いを始める際に放つ、雄叫《おたけ》びである。

それは、物理的な振動《しんどう》を伴《ともな》って森中に響《ひび》き渡《わた》った。木々からは一斉《いっせい》に鳥が飛び立ち、バグベアたちの皮膚がビリビリと震《ふる》えた。

「グゥ……」

それだけで、彼らは理解した。

眼《め》の前のこのオークには、絶対に勝てない、と。

戦意を喪失《そうしつ》した彼らは尻尾《しっぽ》を丸め、一瞬で森の中へと逃《に》げ込んでいった。魔獣はいつだって、自分より強い者の気配に敏感《びんかん》なのだ。

「さて……」

バッシュはバグベアの気配が遠ざかっているのを確認《かくにん》してから、残った二人のヒューマンに目を向けた。

(ほう……これは……)

顔面蒼白《そうはく》で、剣を手にガクガクと足を震わせている二人は、女だった。

双方《そうほう》、歳《とし》は三十を少し超《こ》えたあたり、といったところだろうか。

顔色は悪いが、体つきは健康的で悪くない。ヒューマンを嫁《よめ》にするなら、十代後半か二十代がいいと言われている。それ以下だとまだ子供を産めないし、それ以上だと子供を産める回数が減るからだ。とはいえ、三十代がダメというわけではない。要は子供が産めればいいのだから。

（中々の美人だな！）

ぶっちゃけ、オークの一般的《いっぱんてき》な価値観に照らし合わせてみても、彼女らはさほど美人というわけではなかった。

とはいえ、バッシュはほとんど女を見たことがない。

いや、いくらでも見たことはあるのだが、これだけ近距離《きんきょり》で、品定めをするように見たことはなかった。

初めてまじまじと見るヒューマンの雌《めす》は、よだれが出そうなほど色っぽく見えた。

最初の嫁候補である。

バッシュはしばらく二人を見ていたが、意を決して話しかけることにした。

「ゴホン。お前たち……俺の子供を産まないか？」

オーク的には普通《ふつう》のプロポーズである。

「ギャアアアアア！」

「犯《おか》されるぅ！」

一瞬であった。

今まで震えていたのは何だったのかと思うほど、素早《すばや》かった。

二人の女は、剣を持ったまま、他のものをほっぽりだし、脱兎《だっと》のごとく逃げ出してしまった。

バッシュは追いかけることもできず、手を伸《の》ばした姿勢のまま固まってしまった。

「……なぜだ」

断られるならまだしも、逃げられる理由がさっぱりわからなかった。

助けてあげたというのに……。

「わけがわからん……」

とはいえ、一筋縄《ひとすじなわ》ではいかないことは理解していたつもりだ。

最初から妻が見つかるわけもない。そう思い直し、バッシュは踵《きびす》を返した。

当初の予定通り、ヒューマンの町に向かうのだ。

「む？」

と、そこでバッシュの鋭敏《えいびん》な耳が、ある音をキャッチした。

コンコンという、なにかを叩く小さな音だ。

バッシュは耳に手をやると、音の元を探《さぐ》り始めた。

こうした小さな音を聞き逃《のが》さないことは、戦争では重要だった。

新月の夜、足音を殺して近寄ってくるビーストの奇襲《きしゅう》部隊に気付くには、耳と鼻に頼《たよ》るしかない。

「こっちか」

その音は、馬車の中からしていた。

車輪が砕《くだ》け、横転している馬車。バッシュは音を追って、馬車の中をあさり始めた。

「……」

馬車の中に、大したものはなかった。

恐《おそ》らくあの二人が普段から食べていたであろう乾物《ひもの》などの食料品と、わけのわからない調度品ばかりだ。

武具の類《たぐい》もない。

せめて女奴隷《どれい》でも積んでいてくれれば……と思わざるを得ない。

「ん？」

と、バッシュの鋭敏な耳が、またコンコンという小さな音をキャッチした。

どうやら、見落としがあったらしい。バッシュは瓦礫《がれき》のように積み重なった調度品を、一つずつどかしていった。

いくつか大きな調度品をどかしたところで、隙間《すきま》から淡《あわ》い光が漏《も》れ出した。

バッシュは、見慣れたその光に、小さくため息をついて、調度品の隙間に手を突っ込んだ。

出てきたのは、一抱《ひとかか》えほどのビンだった。

しっかりとした鉄の蓋《ふた》の上に、魔法陣《まほうじん》の描《か》かれた札が一枚、ベタリと貼《は》られていた。

そんなビンの中には、小さな人間が入っていた。

大きさは三十センチ程度、全身がほのかに発光し、背中には二対《つい》の小さな羽が生えている。

フェアリー族だ。

「お前は……」

フェアリーは、バッシュの顔を見て驚《おどろ》いた顔で、パクパクと口を動かしていた。

どうやら、札のせいで出られないどころか、声も出せないらしい。

バッシュは蓋に貼られた札を指でカリカリと剝《は》がすと、鉄の蓋を力任せにバカリと開いた。

その瞬間《しゅんかん》、フェアリーは凄《すさ》まじい速度でビンの外へと飛び出し、バッシュの周囲を高速でグルグルと回り、最後にはバッシュの顔にベタリと張り付いてきた。

「旦那《だんな》ぁ～!!　お久しぶりですー！」

バッシュは、自分の顔に張り付いて、スリスリと頰《ほお》ずりをしてくるフェアリーを指先でつまむと、自分の顔から引き剝がした。

フェアリーは指先でつままれながらも、歓迎《かんげい》するかのように両手を広げ、バッシュに抱《だ》きつこうとしている。

「やぁー旦那、助かりましたよぉ！　このまま一生ビンに閉じ込められたままかと思いましたよぉ！　それどころか、旦那が助けてくれなかったら、荷物の下敷《したじ》きになって一生を終えるところでしたね！　んも〜、旦那はいつでもオレっちを助けてくれるんだからなぁ！　あれ？　旦那？　どしたんすか、そんな顔して、もしかして、オレっちのこと、忘れちまいました？」

「忘れるわけがない」

知り合いであった。

このフェアリーの名はゼル。本名は長ったらしく憶《おぼ》えていないが、ゼルと呼んでいたのは憶えている。

戦争中、フェアリー族とオーク族は連携《れんけい》していた。

フェアリーは飛行速度が非常に速く、体から落ちる粉は傷を癒《い》やす力があるが、体も小さく、攻撃《こうげき》手段は風魔法のみで脆弱《ぜいじゃく》。あまり兵士として活躍《かつやく》できる種族ではなかった。

そこで、フェアリーは伝令や諜報《ちょうほう》員、治療《ちりょう》係として、オークの国と連携することとなった。

ゼルは、オークの国に派遣《はけん》された伝令兼諜報《けんちょうほう》フェアリーの一人で、バッシュによく命令や戦況《せんきょう》を伝えに来てくれた存在だ。

ちなみに、フェアリーがデーモン率いる七種族連合に加盟したのは、ヒューマンに虐《しいた》げられていたからである。

フェアリーという存在は、観賞用かつ治療薬として、ヒューマンの国では高値で売買されるのだ。

戦争終結後、フェアリーはヒューマンと不可侵《ふかしん》条約を結んだ。

だが、今もこうして捕《つか》まっては、死ぬまで飼い殺されている者がいる。

戦争後、一番虐げられているのは、フェアリーかもしれなかった。

「ていうか、旦那、どうやってオレっちが捕まったことを知ったんです?」

「知らん。偶然《ぐうぜん》だ」

「偶然……?」

バッシュが指を離《はな》すと、ゼルは高速で馬車の外に出て、周囲を見回ってきた。

聞くより見る。偵察《ていさつ》兵の性《さが》だろう。

そして、馬が死体になっているのを確認すると、超《ちょう》高速で戻《もど》ってきて、バッシュの耳を引っ張った。

「ちょちょちょ！　旦那！　まずいですよ！　ヒューマンの馬車を襲うなんて！　条約違《い》反《はん》ですよ！　条約違反！」

「俺が襲《おそ》ったわけじゃない。バグベアに襲われていたのだ」

「それ言って信じてもらえるわけないいじゃないっすか！　馬車壊《こわ》れてて、オークが近くにいるとなれば、単純思考のヒューマンなんて一瞬で『オークが馬車を壊した！』って決めつけますよ！　ほら、早く離れるっすよ！　こんなところを他《ほか》の人に見られたら、あっという間に討伐《とうばつ》隊を組まれて、包囲殲滅《せんめつ》作戦っす！」

戦いなら望むところだ。

と言いたいところではあったが、これからヒューマンの国で嫁探しをしようというのに、それではまずい。

「あ、ほら！」

と、その時彼らの耳が捉《とら》えたのは、金属の鎧《よろい》がこすれるガチャガチャという音だ。

戦争中に幾度《いくど》となく聞いた、ヒューマンの兵士が複数名で作戦行動をしている時の音……。

バッシュは咄嗟《とっさ》に茂《しげ》みへと身を隠《かく》した。

バッシュほどの戦士であれば、敵軍が少数である場合、正面から堂々と立ち向かっても打ち破ることができる。

だが、状況《じょうきょう》がわからぬ状態で戦闘《せんとう》を行うことが、必ずしも勝利に繋《つな》がっているわけではない。

バッシュの目的はヒューマンの妻を手に入れること。

それも処女の娘《むすめ》で童貞《どうてい》を喪失《そうしつ》し、幾度とない訓練を経て圧倒《あっとう》的なテクニックを手に入れ、オークの国へと戻る。それが勝利というものだ。

ヒューマンの兵と戦い、揉《も》めるのは勝利に繋がらない。子供でもわかることだ。

ゆえにバッシュは離れた場所に隠れ、様子を見ることにした。

行かず、引かず、丁度いい位置で戦況を見守ることも、時には必要なのだ。

考えなしに突撃《とつげき》するだけがオークではなく、バッシュは『オーク英雄《ヒーロー》』だ。見極《みきわ》めので

きる男であった。

「……ない！……オーク……だ！」

「…………見つけ出せ！　抵抗《ていこう》するなら……殺せ！」

会話は断片《だんぺん》的であるが、どうにも物騒《ぶっそう》であった。

この襲撃がオークによるものであると決めつけ、激昂《げきこう》しているように見える。

その上、どうやら指示を出している者はまだ若いようで、声が高い。

バッシュも憶えがあるが、若者の指揮というものは、猪突猛進《ちょとつもうしん》が過ぎる時も多い。オークが襲撃したと決めつけているところに姿を現せば、即座《そくざ》に戦闘が開始されることが容易に想像できた。

「旦那、どうするっすか？　やるっすか？」

戦いになれば、バッシュは彼らを容易に蹴散《けち》らせる。

だが、バッシュはオークの英雄だ。そんなバッシュがヒューマンの兵士を殺せば、問題になり、オークの国まで飛び火するだろう。

恥《はじ》を偲《しの》んで旅に出た身だ。この上、国にまで迷惑《めいわく》をかけるのは避《さ》けたかった。

「いや、ここは引こう」

「了解《りょうかい》っす」

バッシュの言葉にゼルがうなずき、二人はその場を後にした。

◇

「それで、お前はなんで捕まっていたんだ？」

馬車から十分に距離《きょり》を取った後、バッシュは改めてゼルに聞いた。

ゼルは戦争終結と同時に、フェアリーの国に戻ったはずだった。

フェアリーはヒューマンに狙《ねら》われているが、フェアリーの国は断崖絶壁《だんがいぜっぺき》に囲まれている。ヒューマンはそうそう近づけない。

仮に近づく方法があったとしても、ゼルはフェアリーの中でもトップクラスのスピードを誇《ほこ》る。並の人間に捕まえられるものではないはずだった。

「やー、それがっすね。フェアリーの国って、基本的に退屈《たいくつ》なんすよ。オレっちって、こう見えて好奇心旺盛《こうきしんおうせい》な冒険《ぼうけん》家じゃないっすか。だからまだ見ぬ何かを求めて――」

「もういい、わかった」

「さっすが旦那、一を聞いて十を知るってワケっすね」

おおかた、退屈から国を出て、花畑かどこかで遊びほうけているとこを発見され、薬か何かを嗅《か》がされたか、スリープの魔法をくらって捕まえられた……というところだろう。

フェアリーという刹那《せつな》的な生物が鈍臭《どんくさ》いヒューマンに捕まる経緯《けいい》など、どれも似たり寄ったりだ。

「いやー、でもこんなところで旦那と再会できるなんてなぁ、オレっちは幸せ者だなぁ」

バッシュの周囲をぴゅんぴゅんと飛び回りながら、ゼルはそんなことを言い出した。

フェアリーは陽気な種族で、イタズラが大好きだ。感情が昂《たか》ぶれば昂ぶるほど、無駄《むだ》に動き回ることで知られている。

「ていうか、旦那こそ、なんでこんなところにいるんです？　旦那はオークの国で英雄の称号《しょうごう》を得たって聞きましたよ？　あ、英雄の称号、おめでとうっす！　で、オークで英雄って言ったら、族長の次に偉《えら》いわけじゃないっすか。もう、全オークの尊敬を一身に集めて、何不自由なくバラ色の生活を送っているものと思ってたんすけど」

「……」

「もしかして、誰《だれ》かに嫉妬《しっと》されて、陥《おとしい》れられちゃったっすか？　族長殺しの罪を着せられて、里から夜逃げするしかなかった……悲劇！　復讐《ふくしゅう》なら手伝うっすよ！　オレっちの陰湿《いんしつ》な刃《やいば》が敵の喉《のど》を掻っ切るっす！」

「オークは嫉妬などしない。族長も健在だ」

英雄と呼ばれる存在に対し、嫉妬するオークは皆無《かいむ》だ。

英雄と呼ばれる存在は、それだけの偉業《いぎょう》を達成した者である。

尊敬すれども嫉妬などするわけがない。まぁ、もちろん、そういった特例を除《のぞ》けば、オークも嫉妬ぐらいはするが。

「じゃあ、なんでっすか？」

バッシュは口をつぐんだ。

童貞を捨てるための旅、などとは口が裂けても言えない。いくら相手が戦友といっても、言えることと言えないことがある。

「や、まぁ言いたくなければいいんすよ？　でも、オレっちは戦争中もさっきも、旦那には助けられてばっかりっすからね。覚えてるっすか？　最初に会った時のこと。オレっちはヒューマンの兵に捕まってて、『粉を出すのに手足はいらねえな』とか言われて絶体絶命、そこに旦那《だんな》が颯爽《さっそう》と現れて、『地獄《じごく》に行くのに手足はいらんな』って言って、ヒューマンの手足を全部ちぎってやったんすよ！　いやぁ、あれは爽快《そうかい》だったなぁ……マジベタボレだったっす！　あの日から一生旦那に付いていくって決めたっす！　とにかくそういうことだから、できれば力になりたいんすよ。雑な旦那にわかるかなぁ、このフェアリーの繊細《せんさい》で健気《けなげ》な気持ち」

ババッと、目の前で健気なポーズをするゼルを適当に手で払《はら》いつつ、バッシュは考えた。

考えてみれば、バッシュはオーク以外の種族についての知識に乏《とぼ》しい。

知っていることといえば、どの種族が繁殖《はんしょく》に向いていて、どの種族が向いていないかぐらいだ。

対するゼルは、伝令かつ諜報員だったこともあり、様々な種族の生活習慣に詳《くわ》しい。

情報収集も得意だ。今後の活動をする上で、彼が力になることは、間違《まちが》いない。

「……妻を探している」

「妻……っすか」

ゼルは飛び回るのをやめ、ピタリと止まった。

そのまま、考えるようにマジマジとバッシュの顔を見る。

バッシュは童貞であることがバレそうに思い、目をそらした。

ゼルはしばらく止まっていたが、やがてポンと手をうった。

「オークにとって妻とは特別な存在っすからね！　旦那ほどの英雄にもなれば、妻を持っててもおかしくない。でも今のオークの国の情勢では、旦那が満足いくような妻を見つけることはまず不可能。だから旦那は自分で嫁《よめ》探しの旅に出た……ってことっすね！」

「まぁ……そんなところだ」

ゼルの見立てではオークキングとほぼ同じものである。

バッシュという人物を知っていると、大体そういう発想になるのだ。

まさに『慧眼《けいがん》のゼル』と呼ばれるだけはあった。もちろん自称《じしょう》であるが。

「そっかぁ……旦那が嫁かぁ……オレっちがフェアリーじゃなければ立候補するところなんすけどねぇ～」

フェアリーは非常に体が小さい。

当然ながら、他種族との繁殖も不可能だ。そもそも、雄雌《おすめす》の区別すらあったりなかったりする適当な種族である。そのお陰《かげ》でオークと共同戦線を張れたという背景もあるが……とにかく、妻としては不適格であった。

「ようし！」

ゼルはしばし思案げな顔をしていたが、やがてドンと胸を叩《たた》いた。

「わっかりました！　そういうことならオレっちにお任せくださいっす！　今の時分、オークの妻になろうって女は少ないかもしれないっすけど……なぁに、旦那なら、妻の十人や二十人、あっという間に見つかるっすよ！　なんせオレっちがなりたいぐらいっすからね！」

バッシュも、戦時中のゼルの有能さについてはよく知っていた。

彼が危険を顧《かえり》みず敵陣《てきじん》に侵入《しんにゅう》し、貴重な情報を持って帰ってきたことは何度もあった。彼の情報収集能力は、フェアリーの中においてもトップクラスだ。もっとも、相当な回数、敵にとっ捕《つか》まり、殺されそうになったこともよく知っていたのだが……。

今はすでに戦争中ではない。妻を探すだけなら、危険も殆《ほとん》どない。

頼《たよ》りにしても問題ないだろう。

「お前がそこまで言うなら、任せよう」

「任されました！　というわけで、さっそく町に行くっすよ！　こんな森には美女も美少女もいませんっすから！　レッツゴーゴー！」

かくしてバッシュは、戦友であるゼルと再会した。

オークとフェアリー。

二人は一路、ヒューマンの国を目指すのであった。

3. 要塞《ようさい》都市クラッセル

要塞都市クラッセル。

そこは、何百年もの間、オークとの戦争の前線にあり続けた町だった。

建物のほとんどは石で造られ、各地からは鍛冶《かじ》の煙《けむり》が上っている。

戦時中ほどではないが、商人や町人よりも、いかつい顔をした兵士が目立つ。

町は小高い丘《おか》の上にあり、二重の城壁《じょうへき》に囲まれていた。

城壁の内側には大砲《たいほう》や投石機が設置されており、町の各所に置かれた物見櫓《ものみやぐら》からは、かつてオークの土地だった森が一望できる。

まさに要塞である。

オークとヒューマンの戦争は、この要塞都市を何度も奪《うば》い合う戦いだったとも言える。

数千年の間、オークはこの要塞を幾度《いくど》となく奪い、そして奪い返された。

ヒューマンも必死だった。この要塞を奪われれば、国土はオークに蹂躙《じゅうりん》される。男は殺され、女は持ち帰って繁殖用の奴隷《どれい》とされる。ヒューマンは、そのことをよく理解していた。だからこそ、戦争が終わった今でも、オークに対する警戒《けいかい》を忘れていない。

もっとも、戦争は多くのことを教えてくれた。

オークが性欲《せいよく》だけで動く怪物《かいぶつ》ではないということ、繁殖に他種族が必要だから他種族を襲《おそ》うこと。

独自のルールを持ち、独自の誇りを重んじること。

そして、それらを理解した上で話せば、交渉《こうしょう》が可能だということだ。

その学びのお陰で、ヒューマンはオークとの和睦《わぼく》を成功させることができた。

オークを誇《ほこ》り高き戦士であると認めた上で、ヒューマンの中でも特にオークに認めてもらえるほどの力を持った女騎士《きし》に交渉させることで、オークに「他種族の女にも戦士がいて、誇りがある」と知らしめ、『他種族との合意無き交尾《こうび》を禁止する』という条約を締結《ていけつ》。

しかし、それだけではオークはただ滅《ほろ》びの一途《いっと》を辿《たど》ってしまうため、国中から重犯罪者の女性をかき集め、オークの国で『奉仕《ほうし》活動』をさせることで、オークから徹底抗戦《てっていこうせん》する理由を奪ったのだ。

お陰で、今は比較《ひかく》的安定しており、細々とだが貿易も始まっている。

もっとも、ヒューマンの中には、オークが理性のない怪物だと思っている者も多い。

無知な者は、種族に関係なく一定数存在している。

さらに言えば、戦争が終わったのはほんの数年前だ。オークに対し、私的な怨《うら》みを持っている者も少なくはない。実際、オークにも国から追放され、ヒューマンの国に流れて人を襲うような輩《やから》もいる。

だから、警戒するのは間違っていない。

「でもまさか、町に入るまであんな時間が掛《か》かるとは思わなかったっすね」

「そうなのか？　ヒューマンの町はどれもあんなものではないのか？」

バッシュがクラッセルに到着《とうちゃく》して、約三時間が経過していた。

そのうち、一時間は入り口で門番と揉《も》めたことによるものだ。

オークというだけで、怯《おび》えられ、槍《やり》の穂先《ほさき》を向けられた。

ゼルが間に入り、バッシュが旅人であることや、危険なはぐれオークでないことを事細かに説明してくれなければ、町に入れなかっただろう。

門番は最後までオークを町に入れることに抵抗《ていこう》があるようだったが、最後にはバッシュを通してくれた。ヒューマンの国には、旅人を快く迎《むか》え入れろという法はあっても、オークを町に入れてはいけないという法はないのだ。

「女が多いな」

「ヒューマンの町っすからね」

バッシュは宿の窓から通りを行き交《か》う人々を見つつ、その女の数に驚《おどろ》いていた。

戦争中でも、これほど大量の女を見たのは、サキュバスの軍と連携《れんけい》を取った時ぐらいだ。

まぁもっとも、サキュバスを女というのには、少し語弊《ごへい》があるが……。

ちなみに通りを歩く女の方はというと、宿から覗《のぞ》くバッシュを見た途端《とたん》ギョッとし、せかせかと足早に去っていく。

「これだけ女がいれば、選び放題だな」

「あ、ダメっすよ！　ほら、あのヒューマンの左手の薬指を見て欲しいっす」

言われ、バッシュは女の左手に注目する。

そこにはキラリと光るなにかがついていた。

「うん？　指輪を着けているな」

「あれはすでに結婚《けっこん》しているって証《あかし》なんすよ。ヒューマンは基本的に一人の男と一人の女でツガイになるっすから、ああいうのを狙《ねら》ってもダメっす」

「ほとんどの女が着けているぞ」

「ヒューマンは、結婚しないと一人前と認めてもらえないみたいっすからね。男も女も。ある程度の年齢《ねんれい》になったら、だいたい皆《みな》結婚するみたいっすよ」

オークと違い、誰《だれ》もが妻を娶《めと》って結婚する。

そんな常識に、オークであるバッシュは少々違和感《いわかん》を覚えた。

だが、ヒューマンは男女の比率が同じぐらいだから、そうしたこともありうるのだろうと、すぐに納得《なっとく》した。

むしろ、女の方が妻となるのに忌避《きひ》感を持っていないのなら、好都合である。

「だから、とりあえず指輪を着けてない女を探す必要があるっすね」

「ここに来る途中《とちゅう》で声を掛けた女は指輪を着けていなかったはずだが？」

「あー……」

そう、バッシュは宿に到着するまでに一度、女性を見かけて声をかけようとし、悲鳴を上げて逃《に》げられていた。

声をかける、という段階ですらなかった。

バッシュが近づいていっただけで、女は悲鳴を上げたのだ。

「やっぱ、オークに対する偏見《へんけん》が強く残ってるみたいっすね」

「そうなのか……？」

「オークは男と見れば見境なく襲いかかって殺し、女と見れば見境なく襲いかかって犯《おか》して孕《はら》ませる奴《やつ》ばかりだって」

「間違《まちが》ってはいない。戦争中は皆そうだった」

もっとも、現在はオークキングの定めた法で禁じられている。

はぐれオーク以外に、見境なく誰かに襲いかかるオークはいないだろう。普通《ふつう》のオークは、誰もがオークキングに忠誠を誓《ちか》う、誇り高き戦士なのだから。

もっとも、誰もがオークに対して偏見を持っているわけではないのもわかっている。

女の悲鳴を聞いて駆《か》けつけた衛兵。

彼らの中にはあまり偏見を持たない者もおり、事情を説明すると、親身になって「旅人なら、とりあえず宿を取った方が良い」と、オススメの宿を教えてくれた。

現在、宿で寛《くつろ》いでいられるのも、彼のお陰と言えよう。

「ヒューマンは皆、戦争中のオークが記憶《きおく》に新しいんすよ。あと数年はオークってだけで警戒されるっすね。いきなり逃げられるとは思わなかったっすけど」

「警戒されているのか……確かに、お前に会う前にも、女に声を掛けても逃げられた」

「へぇ、ちなみになんて声を掛けたんすか？」

「俺の子供を産まないか？　と」

そう言うと、ゼルは「あちゃー」と言いながら額に手を当てた。

「それじゃダメっすよ」

「ダメなのか？」

「いいっすか、ヒューマンにとって出産ってのは、宗教的な意味合いもある大事な儀式《ぎしき》なんすよ」

「なんと」

儀式と聞いて、バッシュはオークに伝わる戦神への祈《いの》りの儀式を思い出した。年に一度しか行われない儀式だが、翌年の戦いの吉凶《きっきょう》を決める、大事な儀式だ。

オークの中に、その儀式を軽《かろ》んじる者はいなかった。

「それに結婚にしたって出産にしたって、基本的には惚《ほ》れた相手としかしないものなんす。初対面のよく知らない相手の子供なんて、産むわけないんすよ」

「そ、そうだったのか……」

カルチャーショックであった。

大半のヒューマンの雌《めす》がオークと交尾するのを嫌《いや》がるのも道理である。敵だったから嫌がっていたわけではなかったのだ。オークはヒューマンの身体だけでなく、宗教もまた踏《ふ》みにじっていたのだから。

「だから、ヒューマンを妻に娶りたかったら、まずは相手を惚れさせないといけないんすよ！」

偏見である。

ヒューマンの全《すべ》てが恋愛《れんあい》結婚しているわけではない。しかしゼルの知識では、そういうことになっていた。

「むぅ……しかし、ヒューマンを惚れさせる方法など知らんぞ」

オークに恋愛という概念《がいねん》はない。

女は一方的に犯し、屈服《くっぷく》させるものだ。それを禁じられ、惚れさせろと言われても、バッシュはどうしていいかわからない。

「そこはオレっちに任せて欲しいっす！　オレっち、こう見えてヒューマンには詳《くわ》しいっすからね！」

ゼルは胸をドンと叩《たた》いてそう宣言した。

伝令と諜報《ちょうほう》に特化していたフェアリーは、確かに各種族について詳しい。ヒューマンに限らず、エルフにもビーストにも詳しい。

とはいえ、それはあくまで、戦術や習性、糞《ふん》の種類や足跡《あしあと》、夜目の有無《うむ》といった、戦闘《せんとう》に関するものである。恋愛に関する情報は、道端《みちばた》に落ちていた雑誌や酒場の噂話《うわさばなし》からの聞きかじりであった。

「頼《たの》もしいな。旅を始めてすぐにお前と出会えたのはまさに僥倖《ぎょうこう》だ。それで、具体的にどうすればいい」

「そっすねぇ」

ゼルは得意げに笑いつつ、テーブルの上にトンと乗った。

指を一本立てると、早速《さっそく》レクチャーを開始する。

「まず、ヒューマンの女は綺麗《きれい》好《ず》きっす！　汚《よご》れてたり、臭《くさ》かったりするのは絶対にダメっすね！」

レクチャー1・身綺麗《みぎれい》であれ。

「ならば、女を探しにいく前に水浴びをするか」

「水浴びの後、ビーストとの戦前のアレもつけるといいっすよ」

「あれか……あれは逆に臭いのではないか？」

「何言ってんすか！　めっちゃいい匂《にお》いじゃないっすか！」

バッシュは己《おのれ》の体を見下ろして、そう言った。

戦争中、オークはあらゆる種族と戦った。ビースト族もその中の一つで、特に鼻が利《き》く種族だ。

オークの強い体臭《たいしゅう》はあっという間に感知され、奇襲《きしゅう》や待ち伏《ぶ》せを受ける事態が頻発《ひんぱつ》した。

そこで、ビーストとの戦《いくさ》の直前に水浴びをして臭気を消し、香水《こうすい》をつけるという対策が講じられた。

草や花の匂いに紛《まぎ》れ、ビーストの鼻を惑《まど》わせるのだ。

ちなみに香水はフェアリー産で、現在はヒューマンやエルフにも輸出されている。

「ほら、オレっちのを貸してあげるっすから！」

「うむ」

レクチャー2・いい匂いをさせろ。

香水のあまったるい匂いは、一般《いっぱん》的なオークには不人気である。ゆえに、ビーストとの戦で香水をつけることを嫌がる者もいた。もっともそういう者は、例外なく死んだが。

バッシュはというと、違う。

彼はビースト族との戦いを生き抜《ぬ》いた戦士だ。

闇夜《やみよ》の中から襲《おそ》い来るビースト族の恐《おそ》ろしさは、身にしみてわかっている。

夜も満足に眠《ねむ》れないほどだった。それが、香水をつけるだけで、安心して眠ることができる。

少なくとも、この香水の匂いを発しているうちは、ビースト族の威力偵察《いりょくていさつ》隊に奇襲を受けることはないのだから。

「じゃ、さっそく水浴びっすね！　背中を流すのは任せてほしいっす！」

ゼルは空中でクルンと動くと、入り口の扉《とびら》にシュバッと飛んでいき、ドンドンと叩いた。

「店主さん！　店主さん！　旦那《だんな》が水浴びをするっすから！　桶《おけ》と水を所望《しょもう》するっす！」

ゼルがそう呼びかけると、ややあって扉が少し開き、店主が恐る恐るといった感じで顔をのぞかせた。

「オークが水浴びなんてするのか……?」

「なんすか! オークが水浴びしちゃ悪いんすか!? あんたらヒューマンはいつもオークのことを臭くて汚《きたね》え種族だって思ってるみたいっすけどね、ちゃんとしたオークなら、ヒューマンの町にくれば、ヒューマンの鼻の気遣《きづか》いぐらいできるんすよ!」

「わかった、わかった。そうキンキン怒《ど》鳴《な》るな。用意しよう。銅貨一枚だ」

「了解《りょうかい》っす」

店主は意外そうな顔をするも、銅貨一枚を手にすると、すぐに水を用意しにいってくれた。

「さて、水が来るまで、まだまだレクチャーするっすよ!」

「頼む」

それから、バッシュは水浴びをしつつ、フェアリー直伝の「ヒューマンにモテる法則」を学習していった。

◇

「とりあえず、これだけ守っていれば、ほぼ確実に一人ぐらい落とせるっすね」

「身ぎれいにし、匂いを抑《おさ》え、堂々とし、話を……」

水浴びが終わった後、バッシュは指を折りながら、ゼルから聞いた法則を反芻《はんすう》していた。

彼は真面目《まじめ》なのだ。援軍《えんぐん》の要請《ようせい》をされたら、三日三晩寝《ね》ていなくても駆けつけてしまうほどに。

だからいい加減なフェアリーの言うことも、疑うことなく素直《すなお》に聞くのである。

「……」

唐突《とうとつ》に、バッシュの動きが止まった。

バッシュの鋭敏《えいびん》な耳が、唐突に騒音《そうおん》を捉《とら》えたからだ。バッシュは耳をすませ、その音が自分たちの部屋を包囲していくのを確認《かくにん》し……。

「やれやれ、どうやらアンコールが必要なようっすね。いいっすか、ヒューマンの女ってのぅぅぁ!?」

ゼルはバッシュがいきなり背中の大剣《たいけん》を抜き放ったのを見て、度肝《どぎも》を抜かれた。

「な、な、なんすか!?　敵襲っすか!?」

ゼルは慌《あわ》てつつも、腰《こし》から爪楊枝《つまようじ》のような杖《つえ》を引き抜いた。

そこで、ゼルも気付いた。

周囲からガシャガシャと、金属のぶつかり合う音が聞こえていることに。

完全に包囲されている。ここまで包囲されて、なぜ気付かなかったのか。

「音無しの魔法《まほう》か」

バッシュはヒューマンが奇襲でよくつかう魔法を思い出し、警戒《けいかい》を強めた。

音無しの魔法は、文字通り音を消す魔法だ。ただし、ある一定の範囲《はんい》にしか効果を及《およ》ぼさない。要するに、近づきすぎると相手に音が聞こえてしまう。全身鎧《よろい》を身に着けたヒューマンの軍勢がよく使う魔法の一つだ。音が聞こえたということは、近づきすぎたか、あるいは包囲が完成したと見て、接近してきたか……。

統率《とうそつ》が取れているところを見ると、後者だろう。

「人数と気配から察するに、馬車の近くにいた一団か」

「つけられてたんすかね？」

「その気配はなかったが、相手はヒューマンだ。こういうこともあろう」

ビーストやエルフならまだしも、ヒューマンの、それも全身鎧を身に着けた一団の尾行《びこう》に気付けないほど、バッシュは耄碌《もうろく》していない。

ヒューマンはわずかな情報から相手の位置を特定する技術に長《た》けている。恐らく、バッシュが気付かぬような、僅《わず》かな痕跡《こんせき》を追跡されたのだろう。

「旦那、どうします？　皆殺《みなごろ》しにするんなら、窓側の方からやって、入り口に回って扉側の奴《やつ》を迎《むか》え撃《う》つのがよさげっすし、突破するんなら警戒の薄《うす》い扉側っすね、歩き方からして、こっちから攻《せ》めてくるとは思ってない感じっす。ま、この数ならどう動いても余裕《よゆう》だとは思うっすけど」

ゼルが落ち着いた様子でそう言った。

若くふわふわとした見た目だが、このフェアリーもまた歴戦の兵《つわもの》であった。

瞬時《しゅんじ》に敵の布陣《ふじん》を見抜き、攻めやすそうな方角を教えてくれるのはお手の物である。

バッシュとゼルは組んで長い。戦時中は、この程度の包囲など、幾度《いくど》となく破ってきた。

バッシュを殺したければ、この百倍は必要だろう。

余裕の相手だ。

だが、バッシュは首を振《ふ》った。

「いや、戦うわけにはいかん。会話で解決しよう」

そう言って、大剣から手を離《はな》した。

なぜ包囲されているのかわからないが、バッシュは何もやましいことはしていないのだ。

「いやぁ……難癖《なんくせ》つけられて町から追い出されるだけだと思うっすけど……」

「だとしてもだ。どのみち、ここまで追われたということは、あの場にいたことはすでにバレているだろう。逃《に》げたところで何も変わらん」

などと話していると、扉が音を立てて蹴破《けやぶ》られた。

「動くな！　そこのオーク！」

飛び込んできたのは三人。

簡易的な鎧を身に着けた二人の兵士と、トサカの付いた兜《かぶと》を被《かぶ》った騎士《きし》だ。

バッシュは長年の戦いの経験から、このトサカが騎士の証《あかし》であると知っていた。

さらに言えば、ヒューマンの騎士は、オークの戦士長に相当するということも知っている。

つまり、この騎士がこの集団のリーダーだ。

「すでに止まっている！　何の用だヒューマン！」

「ふん！」

騎士は数歩歩くと、兜を脱《ぬ》ぎ去った。

下から現れたのは、輝《かがや》くような金髪《きんぱつ》をポニーテールにまとめた、美少女だった。

(声が高いと思ったが、女だったのか……いや、それにしても……)

彼女の顔を見た瞬間、バッシュの中で何かが弾《はじ》けていた。

キュッとイチジクを口いっぱいに頬張《ほおば》った時のような甘酸《あまず》っぱい感覚がバッシュの全身

を支配していく。

(可憐《かれん》だ……)

凛《りん》とした眉《まゆ》、意志の強そうな口元、少しだけ性格の悪そうな吊《つ》り目、透《す》き通るような白い肌《はだ》……。

鎧を身に着けているから体つきはわからないが、物腰からしっかりと筋肉がついた丈夫《じょうぶ》な体であることはわかる。

森で見かけた女たちや、道端《みちばた》で話しかけようとした女よりも数段……いや数十段は上の女だ。

こんな美しい女性と、互《たが》いに裸《はだか》になって交尾《こうび》をする可能性があると考えると、バッシュの脳髄《のうずい》を電流が走り抜けてしまう。

股間《こかん》に直撃《ちょくげき》ってやつだ。

もっとも、頑丈《がんじょう》な革《かわ》の下穿《したば》きのお陰《かげ》で、見咎《みとが》められることはなかった。

そんなバッシュの変化を知ってか知らずか、彼女はバッシュをにらみつけ、叫《さけ》んだ。

「街道《かいどう》にて、オークに馬車が襲われたとの通報があった。貴様の仕業《しわざ》だな!」

　ゼルが小声で「ほれみたことかっす」とぼやいてくるが、バッシュはそんなことより、この可憐な騎士に気に入られたかった。

　国を出てから最初に出会う極上《ごくじょう》のヒューマン♀、しかもオーク同士が仲間内で『妻にするならこういう女がいい』という話をすれば、かならずノミネートされる女騎士である。

　童貞《どうてい》であるバッシュが張り切らぬはずもない。

　彼の脳内では、すでに婚姻《こんいん》が視野に入りつつあった。

　子供は最低でも三人は産んでもらわなければいけない。

　確か、オークと交合して妊娠《にんしん》しても、オーク以外が生まれる秘術がエルフ族に伝わっていると聞いているから、一人はヒューマンでもいいだろう。

　しかし生まれてくる子は全《すべ》て男がいい。

　最初の子はバッシュの名を取ってアッシュにし、戦い方と狩《か》りの仕方を教えてやろう……。

「おい、どうした、返事をしろ！」

　そんな妄想《もうそう》は、女騎士の声で霧散《むさん》した。

　ひとまず現実が見えたバッシュは、自分がどうすべきかを考えた。

　まず、いきなり嫁《よめ》になってくれと言ってもダメだ。断られる。それは、先程《さきほど》のゼルの講

義でわかった。

では、何をすべきか。

こういう時は慎重《しんちょう》に、彼女の左手を見るのだ。

薬指に指輪がはまっていれば、その雌《めす》は婚姻済であり、自分のものにはならない。

女騎士の左手は籠手《こて》で覆《おお》われていて、薬指に指輪がはまっているかどうかわからなかった。

「……」

「……むぅ」

さっそく学んだことが使えず、バッシュは停止する。

だが、彼は歴戦の英雄《えいゆう》だ。

相手を一太刀《ひとたち》で倒《たお》せないことなど、星の数ほどあった。

そう、例えばビーストの使役獣《しえきじゅう》であった魔獣ベヒーモスとの戦いは、十数時間にも及んだ。早朝から深夜まで続けられたものだ。

時には、じっくりと相手の力を見極《みきわ》め、長期戦に持ち込むことも必要である。

「おい、返事をしろ！　オーク風情《ふぜい》が私をあまりイラつかせるなよ！」

「ごほん、すまん……その馬車は確かに見たが、襲撃《しゅうげき》したのは俺ではない。声を掛《か》けたら逃げられたがな」

バッシュは落ち着いて、まずはオークの戦士らしい毅然《きぜん》とした受け答えをすることにした。

ゼルから学んだヒューマンにモテる法則の一つ。

レクチャー3・堂々とした男であれ。

「嘘《うそ》をつくな！」

「嘘ではない。俺が見た時には、すでに馬車はバグベアに襲《おそ》われていた。俺はそこに通りすがり、バグベアを追い払《はら》ったに過ぎない」

「証拠《しょうこ》はあるのか⁉」

「証拠はない。だが偉大《いだい》なるオークキング・ネメシスに誓《ちか》おう！」

「ぐっ……」

堂々とそう宣言すると、騎士はたじろいだ。

オークキングの名において誓うということは、嘘だったら死罪をも受け入れるという意味だ。

この宣言ができるのは、オーク社会においてもほんの一握《ひとにぎ》り、大戦士長《グレイトウォーロード》以上の戦士だけだ。

つまり、オークにとって地位と名誉《めいよ》を証明する、最も男らしい誓いの一つである。

これを堂々と宣言できるオークは、若者から例外なく羨望《せんぼう》の眼差《まなざ》しを受けるし、宣言は重く受け止められる。

バッシュはたじろいだ騎士を見て、内心で「決まった」と思っていた。

ちなみに、女騎士はオークの宣言など知らなかった。

単にバッシュが堂々としているから、難癖を付けにくくなっただけであった。

「被害者《ひがいしゃ》は、オークが子供を産ませようと近づいてきたと言っているぞ」

「他種族との合意なき性行為《せいこうい》は、オークキングの名において固く禁じられている。合意を得るべく話しかけただけだ」

「得られるわけがないだろう！」

「試《ため》してみねばわからんから、試したまでだ。後に知ったが、どうやらヒューマンの常識では、いきなり性行為を持ちかけても合意は得られんらしいな」

あまりに堂々とした返答に、騎士はさらにたじろいた。

こんなに堂々と返答するオークを見たのは、初めてだった。

彼女が見たことがあるのは国から追い出されたはぐれオークだけ。

はぐれオークとくれば、女騎士を一目見た次の瞬間には孕《はら》ませるだのブチ犯《おか》すだのといった下卑《げび》た発言をするし、少し詰問《きつもん》すると、すぐに怒《いか》り狂《くる》って襲いかかってきた。

ここまで話が通じたことすらなかった。

「く、う、薄汚《うすぎたな》いオークのことだ、通りかかったといっても、どうせ馬車から何か盗《ぬす》んだのだろう！」

「む……」

バッシュはその言葉で、少し言葉に詰《つ》まった。

確かに、馬車の中から、持ち出した物が一つある。正確には物ではなく者で、一つではなく一人だが……。

「確かに、持ち出したが……」

「ほら見たことか！　貴様を窃盗《せっとう》の罪で逮捕《たいほ》する！」

「むぅ」

「ちょちょ、ちょーっとまって欲しいっす！」

そこでゼルがバッシュと騎士の間に飛び込んできた。

「それってオレっちのことっすよね!?　ヒューマンにとっ捕《つか》まって瓶詰《びんづ》めにされていた哀《あわ》れなオレっちは、確かに馬車に積まれていたっす！　でも、フェアリーの人身売買はヒューマンとフェアリーの間で禁止されているはずっすよ！　密売品であるオレっちを助けたからって窃盗罪が適用されるのは、おかしくないっすかね!?」

「な、なにぃ……?」

ゼルの言葉に騎士は困惑《こんわく》の顔をした。

フェアリーの密売は、確かに犯罪である。馬車はそれを運んでいて、それをオークが助けた。密売品であっても、窃盗は窃盗だということになるのか。それとも、このオークが密売品を持っているということになるのか。

もっとも見たところ、フェアリーは自分の意思でオークに付いているように見える。でも、そもそもこのフェアリーの言ったことは本当なのか？ でまかせなのでは？ フェアリーは息をするように適当なことを言うし。

「ええい……」

話がややこしくなってきた。

騎士は目をぐるぐるさせながら色々考えていたようだが、最後にこう言った。

「とにかく我々と一緒《いっしょ》にきてもらおうか！」

「いいだろう」

バッシュは間髪《かんはつ》を容《い》れず、そう応《こた》えた。

驚《おどろ》いたのはゼルだ。困惑顔でバッシュを振《ふ》り返ると、手足をバタバタさせ、女騎士《きし》の方を指さした。なんなら、女騎士の方も、バッシュがあまりに素直《すなお》に従うので、困惑した表情だ。

「え？　いいんスか？　こいつ旦那《だんな》のこと、めっちゃ舐《な》めてますよ？」

一般的《いっぱん》なオークの理論で言えば、ついていく筋合いなどない。

バッシュとて、もしオークの国で若造に今と同じようなことを言われたら、すぐさま大《たい》剣《けん》を抜《ぬ》き放ち、牙《きば》をむき出しにして「力尽《ちからず》くでこい」とでも言っただろう。

しかし、バッシュには旅の目的がある。

童貞の喪失《そうしつ》である。

できれば自分好みの綺《き》麗《れい》な女。処女ならなおいい。

「いいんだ！」

目の前の女。

金髪《きんぱつ》の勝ち気そうな女騎士。自分好みの綺麗な女。処女かどうかまではわからないし、結婚しているかどうかもわからない。けど、自分を見て嫌《いや》な顔はすれども、悲鳴を上げて逃《に》げ出さない。

そんな女に、「ついて来い」と言われているのである。

ついていけば、少なくとも会話をする機会は増えるだろう。

逆についていかなければ、ここで終わりだ。暴れ、町から追い出されることになれば、二度と彼女と会うことはないだろう。

そう考えれば、ついていかない理由など、ないのだ。

戦いにおいては、生き延びるためのチャンスは一度しかないことも、ざらにある。

そのチャンスを全《すべ》て活《い》かしてきたバッシュの決断は、早かった。

「よ、よし……手錠《てじょう》を嵌《は》めろ！　連行する！」

「うむ」

かくしてバッシュは逮捕された。

クラッセルに到着《とうちゃく》して、ほんの四時間の出来事であった。

4．騎士団長ヒューストン

要塞《ようさい》都市クラッセルの騎士団長ヒューストン。

彼の経歴を話すと、長い。

二十年ほど前、十三歳で見習い兵士として戦争に参加。初陣《ういじん》で前線に送られ、血みどろの敗戦を体験する。同期が全滅《ぜんめつ》する中、運よく生き残ったヒューストンは、戦場を転々として経験を積み、十年程で中隊長《ウォーチーフ》になった。

中隊長になった直後の戦闘《せんとう》は、地獄《じごく》のような撤退《てったい》戦だった。

ひどい戦いだった。

将軍から大隊長に至るまでのあらゆる士官が戦死か逃亡《とうぼう》、指揮官はコロコロと代わり、軍は大混乱。兵力の六割が失われた頃《ころ》、ただの中隊長であるヒューストンに指揮権が回ってきた。

『もはや、あなた以上の指揮権を持つ者はいない』

伝令役の衛生兵にそう言われた時、ヒューストンは悪い冗談《じょうだん》だと思った。

しかしヒューストンはその役目を全《まっと》うした。

周囲の者をまとめ上げ、残った四割の兵をほとんど失うことなく、無事に撤退させたのだ。

才能の開花……彼は大軍を指揮するのが向いていたのだ。

撤退戦が成功したのは、運が良かっただけだったが……。

ともあれ、その実績が高く評価され、ヒューストンはオーク方面軍の副官となった。オーク方面軍とは、主にオーク&フェアリーの連合軍と戦う軍である。

そして副官となってから五年後に司令官が戦死。そのまま繰《く》り上げで司令官となり、終戦まで戦い続けた。

つまりヒューストンは十年間、オークと戦い続けたことになる。

オークと戦うにあたり、彼は可能な限りの全力を尽《つ》くした。

できる限りの情報を集め、できる限りの知恵《ちえ》を振り絞《しぼ》り、時には前線に出て、命を懸《か》けて戦った。

その結果、彼はヒューマンの中で、最も多くのオークを殺した男となった。

ゆえに人は彼をこう呼ぶ。

『豚《ぶた》殺しのヒューストン』。

彼は戦争後もオークに対しては容赦《ようしゃ》がなかった。

特にはぐれオークを見かけたときは苛烈《かれつ》だ。はぐれオークがどれだけ命乞《いのちご》いをしても、いっさい聞く耳を持たず、淡々《たんたん》と処刑《しょけい》する。その姿に、戦後に兵士となった者たちは尊敬すると同時に、畏怖《いふ》を感じていた。

しかし実際のところ、大層な二つ名とは裏腹に、ヒューストンはオークに対して、かなりフラットな感情を持っている人物であった。

偏見《へんけん》はなく、差別もしない。別にオークのことが、ことさら嫌《きら》いなわけでもない。

なぜなら、彼はオークに関して詳《くわ》しいからだ。

十年の戦いで、詳しくなったからだ。

ヒューストンは副官になった際、オークをより効率よく殺すため、またオークからの被《ひ》害《がい》をできる限り抑《おさ》えるため、オークのことを知る必要があった。

彼は戦時中、オークについて誰《だれ》よりも勉強をした。オークを観察し、過去の文献《ぶんけん》をあさり、時に捕虜《ほりよ》から話を聞いた。

その結果、ヒューストンは学んだ。

オークが自分たちとは明らかに違《ちが》う常識を持っているだけの、誇《ほこ》り高き戦士だと。

もちろん、良い感情ばかりを持っているわけではない。

同僚《どうりょう》や部下を数多く殺されているゆえに芽生えた、暗い感情もある。

でも戦争は終わったのだから、不必要に憎《にく》む必要がないと思えるぐらい、オークのことを身近に感じ、時に尊敬もしていた。

はぐれオークに厳しいのは、彼らがオークの中で最も唾棄《だき》すべき存在だからだ。

オークの単純明快な掟《おきて》にすら従えず、自分勝手に生きることを選んだ存在。そんな者がヒューマンの生息域まで来たとしても、ヒューマンのルールを守るはずもない。

人の社会に適合できぬ者など、害獣《がいじゅう》と同じだ。

ゆえに、殺すのだ。容赦なく。

ともあれ、そんな人物だからこそ、戦後、騎士に叙勲《じょくん》され、クラッセルの騎士団長に任命されたのだ。

彼が陣頭《じんとう》指揮を執《と》るなら、少なくとも数年以内にオークとの戦争が再開しないだろうし、よしんば戦いが始まったとしても、クラッセルを守ってくれるだろうという目論見《もくろみ》もあって。

「何？　街道《かいどう》の襲撃《しゅうげき》事件の容疑者を捕まえた？」

そんな彼は、ある日部下からそんな報告を受けた。

「はい、どうやらオークのようです」

「はぐれオークなら殺していいと言ったはずだが……？」

部下からの報告を受けたヒューストンは、首をかしげた。

オークキングとの取り決めでは、国から放逐《ほうちく》されたオークは殺していいことになっている。

ヒューストンとしては、そういう輩《やから》はオークの国で処分して欲しいと思うところだが、オークにはオークの法律があるのだから仕方がないと諦《あきら》めていた。

「いえ、それが身なりもよく、受け答えもしっかりしていたので、はぐれではないのかも」

「なら離《はな》してやれよ。可哀想《かわいそう》だろ」

「それが、ジュディス様が、どこか怪《あや》しいところがあると……」

「あんの馬鹿娘《ばかむすめ》、オークとの戦争になったら責任取れんのかよ……」

ジュディスは、森で起きている襲撃事件を担当している女騎士だ。

赴任《ふにん》して一年の新米騎士で、ようやく勤務にも慣れてきたということで、一つの事件を任せた。すぐに終わりそうな事件であったが、案外犯人が狡猾《こうかつ》なのか、それとも思いの他《ほか》ジュディスが無能だったのか、まだ成果は上がっていない。

最近は、あまり成果が出ていないことを焦《あせ》っていた。

なんでもいいから手柄《てがら》にして、無能ではないと証明したいのだろう。

「お前はどう思う？」

「そうですね、確かに怪しい部分は多いです。旅の目的は口にしませんし、フェアリーもついていました。我々に包囲されてもやけに落ち着いていましたし、もしかすると……スパイかもしれません」

「ぷっ……」

ヒューストンは思わず吹《ふ》き出した。

この兵士はまだ若く、戦争にも参加していない。

だからオークがどんな種族かを、よく知らないのだろう。

オークをよく知っていれば、スパイという単語から程遠《ほどとお》い存在だとわかりそうなものだ。

「ヒューストン様、笑い事ではありませんよ！　わざと我々に捕《つか》まることで、内部から情報を得ようとしているのかもしれないんですよ！」

「バァーカ、オークがそんな器用なことすっかよ。スパイならフェアリーだけで来るさ」

ヒューストンの知っているオークなら、わざわざ捕まることはない。

たった一人でも包囲を破ろうと戦闘を仕掛《しか》け、うまいこと全滅させることができたら、その場でジュディスを犯《おか》しながら尋問《じんもん》し、情報を得るだろう。

そもそも相手の懐《ふところ》に潜《もぐ》り込んで情報収集するなどという高度なことは、オークにはできないのだ。

せいぜい、できたとしても偵察《ていさつ》が関の山だろう。

敵はどこに陣地《じんち》を構え、何人いて、武器の構成は剣《けん》と弓と……そんな偵察は、オークもよく行っていた。

もっとも、できないのはスパイぐらいで、戦術に関してはヒューマンが舌をまくぐらい、緻密《ちみつ》に行っていたが。

ともあれ、戦わず大人しく捕まったということは、はぐれオークではなさそうだ。

オークキングの出した法律に従い、ヒューマンと仲良くしようとしている、理性的なオークだろう。集団そのものに帰属意識を持つオークが一人で旅をするというのはあまり聞かないが……オークにもいろんな奴《やつ》がいる。そういう奴がいてもおかしくはないだろう。

それをジュディスが焦って捕まえてしまった……というのが今回の真相だろう。

そう、ヒューストンは判断した。

(だが、フェアリーが付いているというのは、確かに気になるな)

戦争中、オークとフェアリーが一緒《いっしょ》に動いているとなれば、それは作戦行動を意味していた。

もう戦争は終わったとはいえ、かつての戦争の感覚が、ヒューストンを警戒《けいかい》させた。

「よし、ちょいと俺も面会してみるか」

ヒューストンはそう言うと、立ち上がった。

◇

牢屋《ろうや》は騎士《きし》の詰所《つめしょ》の地下にある。

戦時中は多くの捕虜を収容し、拷問《ごうもん》して死に至らしめた場所だ。終戦間際《まぎわ》では疫病《えきびょう》が蔓《まん》延《えん》し、ヒューストンは頼《たの》まれても近寄ろうとしなかったようなところだ。

戦後は綺麗《きれい》に掃除《そうじ》され、軽犯罪者の収容所として機能している。

今では、ほのかに柑橘《かんきつ》系の香《かお》りすら漂《ただよ》ってくるぐらいだ。

「いい加減、旅の目的を言え！　何の目的であの森を歩いてきた！　なぜクラッセルにきた！　そのフェアリーはなんだ！」

そんな牢屋への階段を下りていると、ヒューストンの耳にジュディスの声が響《ひび》いてきた。

新米騎士とは思えないほど、堂に入った恫喝《どうかつ》だ。

あの剣幕《けんまく》では、捕《と》らえられているオーク君とやらも、素直《すなお》に話せまい。

というのも、オークは他人から、特に女から下に見られることを極端《きょくたん》に嫌う。

やましいことがなくとも、女に恫喝されて素直に何かをしゃべるなんてプライドが許さない、という者が多い。

ヒューストンはそう考え、苦笑いした。

すぐにオークから、「話して欲しければ、力尽《ちからず》くで来い」といった文言が飛び出すことだろう。

そうなれば、もう話にならない。

オーク相手にする尋問としては、下の下だ。

「旅の目的は私的なことだ、簡単に言えば、探し物をしている。森を歩いてきたのは、その方が早いからだ。ここにきたのは、ここに探し物があるかもしれないからだ。フェアリーは旧友だ。俺の旅の目的を知り、協力してくれている」

しかし、聞こえてきたのは、毅《き》然《ぜん》とした答えだった。

その声音《こわね》に、ヒューストンは「ほう」と息を吐《は》いた。恫喝されて意固地になるのは、基本的に若く血気盛《さか》んなオークだ。オークの中でも、特に歴戦の戦士となると、多少の恫喝など気にしない者が増えてくる。

戦場での咆哮《ほうこう》に比べれば、平時の恫喝など、普通《ふつう》の会話と同じということなのだろう。

しかし、そうなると別の疑問が浮《う》かんでくる。

なぜそんな歴戦のオークが国から出て、探し物をしているのか……。

「その探し物というのはなんだ⁉　なぜ探している⁉」

「それは……言えん」

「なぜだ！　怪しいぞ！　貴様、何を隠《かく》している！」

存在を知られると横取りされるようなものか。

あるいは、失《な》くしたと知られると困るものか。ヒューストンは二パターンを瞬時《しゅんじ》に考えつつ、牢屋への扉《とびら》にたどり着き、ふと何か、嫌《いや》な予感がした。

（この声……なんか聞き覚えがないか……？）

ヒューストンの予感というものは当たる。

この予感のおかげで、あの戦争を生き残ってきたといっても過言ではない。

（やっぱ、行くのやめっかな……）

そんな気持ちが胸の内に去来する。そうした心の内の囁《ささや》きは、いつだってヒューストンの命を救ってきた。

が、嫌な予感といっても、今は平和な時代。そうそう命まで取られることはないだろう。

それに、このままジュディスを放《ほう》っておいても、無駄《むだ》な問答が続くだけだ。ヒューストンは、無駄が嫌いだった。

なので、ヒューストンは尋問部屋に続く扉を開いた。

「ジュディス、あんまりやりすぎるなよ。外交問題になったら面ど……ひぇぁ！」

思わず、マヌケな悲鳴が漏《も》れた。

同時に、背筋にぞっとしたものが走り抜《ぬ》け、心臓がバクバクと高鳴り、足が逃《に》げろと叫《さけ》んだ。

脳裏《のうり》によぎるのは、戦時中、自分がオーク方面軍の司令官になって間もない頃《ころ》の戦いの記憶《きおく》だ。

あの戦いは、勝ち戦《いくさ》のはずだった。

戦力はこちらの方が多かったし、作戦に粗《あら》もなかった。

だというのに、先鋒《せんぽう》が敵陣《てきじん》を突破《とっぱ》できず、側面からの攻撃《こうげき》で部隊が分断され、ならばと予備戦力を前線に送ったところで、本陣が強襲された。

作戦が読まれていたのか、それとも単なる偶然《ぐうぜん》か。本陣を強襲してきた部隊は少数だったが、精鋭《せいえい》だった。特に、先頭に立って大剣を振《ふ》りまわしていたオークのことを、ヒューストンは忘れることができない。

あのオークに腕自慢《うでじまん》だった副官が殺された。

ヒューストンはというと、副官が殺されている間に、ほうほうの体《てい》で撤退《てったい》した。無事に拠点《きょてん》まで帰り着いた時は、悪夢でも見ていたのかと思った。それほどの恐怖《きょうふ》体験だった。

だが、夢ではなかった。

なぜなら、悪夢はその一回では終わらなかったからだ。

その後、何度も戦場でそのオークに遭遇《そうぐう》したのだ。ヒューストンから見ると、そのオークはいつだって自分の命を狙《ねら》っているように見えた。

実際、狙っていたのだろう。司令官であるヒューストンを倒《たお》せば、ヒューマン軍の気勢を削《そ》ぐことができるのだから。

ヒューストンは、あのオークとまともに剣を交えたことなど一度もない。

全《すべ》ての戦闘《せんとう》から全力で逃げた。それでも死ななかったのは、単なる奇跡《きせき》だ。

あのオークは、どんなに不利な戦場でも現れた。

こちらがどれだけ大軍でも、どれだけ強大な味方を引き連れていても、必ず現れ、決して逃げずに戦った。

レミアム高地の決戦で、ヒューマンの賢者《けんじゃ》がドラゴンを引き連れて戦場に現れ、デーモンやオーガすら消し炭に変えた時も、彼はその場に踏《ふ》みとどまり、他の戦士と共にドラゴンと戦った。

ヒューストンは、その姿を見て、憧《あこが》れすら抱《いだ》いた。

醜悪《しゅうあく》なはずのオークを、美しいとすら思ったのだ。

だから憶《おぼ》えている。

肌《はだ》の色は一般《いっぱん》的なグリーン。オークにしてはやや小柄《こがら》だが、密度の高い筋肉に覆《おお》われた体。

鷹《たか》のような瞳《ひとみ》、紫掛《むらさきが》かった青い髪《かみ》。

見た目は、特徴《とくちょう》のないグリーンオークだが、見間違《みまちが》うはずもない。

こんなに接近したのは、オークとの和睦《わぼく》の調印式の時だけだ。

いや、あの時ですら、ここまで接近はしなかった。二十メートルは離《はな》れていただろう。

今の距離《きょり》は、せいぜい五メートル。

リーチの範囲《はんい》内だ。

あの自分の身長ほどもあろうかという大剣は持っていないようだが、ヒューストンは知っている。

このオークは、獣化《じゅうか》したビースト族と同等の速度で動き、素手でドワーフ製の黒鎧《くろよろい》を引きちぎることができる。

この目で見たのだから間違いない。

誰《だれ》も信じちゃくれなかったが、前司令官はそうやって死んだんだ。

このオークを表す名には事欠かない。

『狂戦士《きょうせんし》』、『破壊者《はかいしゃ》』、『皆殺《みなごろ》し』、『暴れ牛』、『豪腕《ごうわん》』、『シワナシの森の悪夢』、『緑色の災《さい》厄《やく》』、『竜《りゅう》断頭』……。

他《ほか》にもまだあるが……全てが、彼一人を表す言葉だ。

そして彼は、オークの国ではこう呼ばれている。

『オーク英雄《ヒーロー》』バッシュ。

一番ヤベェオークが、そこにいた。

「……」

見れば、バッシュが戦場でいつも連れていたフェアリーも、簀巻《すま》きにされてテーブルの上に転がっている。

あのフェアリーのことも、ヒューストンは知っている。

治療《ちりょう》薬になるフェアリーは捕《つか》まえても殺すことは滅多《めった》にない。そんなヒューマンの思惑《おもわく》を利用してかわざと捕まり、なんらかの魔法《まほう》で敵陣の位置をヤバいオークに知らせ、呼び寄せる。

その行動からついた名は『疑似餌《ぎじえ》のゼル』。

「ジュ、ジュディス君……」

ヒューストンが情けない声をあげつつも逃げ出さなかったのは、部下の目があったからだ。

彼はここの騎士団長。騎士と兵士を統《す》べる者。司令官だ。しかも、騎士や兵士たちからは慕《した》われていると自負している。その信頼《しんらい》を失うことは避《さ》けたかった。

それに、よく見るとバッシュが穏《おだ》やかな顔でジュディスの相手をしていた。

あの全てを狩《か》り殺す殺人鬼《さつじんき》のような目はなりを潜《ひそ》め、孫のわがままを聞いている好々爺《こうこうや》の慈《いつく》しみさえ感じられた。

ああ、あの悪鬼《あっき》も、ああいう顔ができるのだな。怒《おこ》ってばかりじゃないのだな。そうさ、だって戦争は終わったんだもの。平和な時代なんだもの。そう思わせるような瞳だ。

とはいえ、あのバッシュであることに代わりはない。

ヒューストンは深呼吸を一つし、最大限に警戒《けいかい》しつつ、腰《こし》が引けつつ、ジュディスに語りかけた。

「な、何をしているのかね？」

「ハッ！　西の森でオークに襲撃《しゅうげき》されたという通報を受け、調査しましたところ、怪《あや》しいオークが町に入ったという情報を得ました。すぐに追跡《ついせき》、宿屋にて逮捕《たいほ》。現在は尋問《じんもん》しております」

「あ、ふーん……」

誤認《ごにん》逮捕だと、ヒューストンはすぐに理解した。

バッシュなら目撃者など残さない。やましいことがあるなら包囲など突《つ》っ切って逃げているはずだ。

このオークは、包囲網《ほういもう》を敷《し》かれても、百人ぐらいなら軽く突破して逃げることができる。

なぜそう言い切れるかって？　それをやられたことがあるからだ。

「ほとんどの情報は吐かせました、あとはこいつの旅の目的を聞き出すだけです。オラア！　さっさと吐け、このクソ豚《ぶた》が！」

ジュディスはバッシュの胸《むな》ぐらを摑《つか》み、至近距離からガンを付けた。

ヒューストンの背筋に寒気が走り抜けた。

「あっ、あっ、や、やめてぇ、乱暴しないで！」

制止のために咄嗟《とっさ》に出た声は、あまりに情けなかった。

だってそうだろう？　いくら平和な時代でも、怒っていい時はあるのだ。例えば、難癖《なんくせ》を付けられて牢屋《ろうや》につれてこられ、戦争を体験したことのないケツの青い小娘《こむすめ》に胸ぐらを摑まれ、偉《えら》そうに恫喝《どうかつ》された時とかだ。

つまり、まさに今がその時だ。彼は怒っていい。

「もう言えることはない」

が、バッシュは怒っていなかった。

むしろ、鼻をひくつかせながら、穏やかな顔をしている。

きっと、この牢屋の各所から漂《ただよ》う柑橘《かんきつ》系の香《かお》りが、彼の心を癒《い》やしているのだろう。オークは何でも食べるが、案外果物も好きだから。

ヒューストンは、この牢屋で柑橘系の香油《こうゆ》を使うと提案した部下に感謝した。昇給《しょうきゅう》も検討した。

「コホン……ジュディス君。今すぐ、彼から手を離したまえ、そして、そのままゆっくりと後ずさって、私の隣《となり》まで来るんだ」

「どうしたのですか？　『豚殺しのヒューストン』殿《どの》ともあろうお方がそんな弱気な……」

「その名前を出さないのぉ！」

ヒューストンの二つ名は、オークからすると、面白《おもしろ》くない名前だ。

はぐれオークを逮捕した時にこの名前を出すと、大抵《たいてい》は憎悪《ぞうお》の瞳で睨《にら》みつけてきて、「てめぇが豚殺しか……殺してやる！」と口汚《くちぎたな》く罵《ののし》られる。

それだけ、『豚殺し』の名はオークにとって重い意味を持つのだ。

まぁ、豚呼ばわりされて怒っているだけかもしれないが。

「何をおっしゃるのですか、このはぐれ豚野郎《ぶたやろう》に、ヒューストン様の偉業《いぎょう》を教えてやりましょう。いいかクソ豚。こちらのお方はな、先の戦争において、最もオークを殺した大将軍ヒューストン様だ。お前ごときオークなど、鼻をほじりながらでも——」

直後、ヒューストンは叫んだ。

「うるせぇ！　そろそろ黙らねぇとぶん殴《なぐ》るぞ！　さっさとこっちに来い！」

魂《たましい》の叫びだった。

「へ……え……？」

ジュディスはヒューストンの剣幕《けんまく》にきょとんとした後、わけがわからないという顔で下がった。

わけもわからず叱《しか》られ、しょんぼりしている。わからないなら、後で説明してやる必要があるだろう。

が、今はバッシュのことだ。

「すー……はー……」

ヒューストンは深呼吸を一つ、バッシュに向き直った。

バッシュの目は、ジュディスが下がったことで鷹のような目に戻《もど》っていた。ヒューストンの口元がヒクッと震《ふる》える。

「ぶ、部下が失礼しました。この馬鹿《ばか》は街道《かいどう》の襲撃事件の責任者なのですが、最近成果がなく、手柄《てがら》に焦《あせ》っておりまして……あ、申し遅《おく》れましたこの町の軍を統括《とうかつ》しております、ヒューストン・ジェイルと申します」

「バッシュだ」

「は、お名前はかねがね……」

「俺を知っているのか？」

「戦争中に何度かお見かけした程度ですが……」

そう言うと、バッシュはヒューストンの顔をまじまじと見た。顔を思い出され、いきなり襲《おそ》いかかってこないだろうか。いいや、彼は理性的なオークのはずだ。

最初の自分の判断を信じろ。今襲いかかってくるなら、もうとっくに部下は血祭りで、ジュディスは白目を剥《む》いて気絶し、股間《こかん》から白濁《はくだく》色の液体を垂れ流しているはずだ。

そう自分に言い聞かせつつ、ヒューストンは笑顔《えがお》を作った。

苦節三十数年、オークに対してこんな風に笑ったことはなかった。

いや、ヒューマン相手にさえ、こんな笑顔を作ったことはなかったかもしれない。

「ヒューマンの大戦士長《グレイトウォーロード》か」

「……はい。まぁ、そのような者です」

「懐《なつ》かしいな。元気にしていたか？」

途端《とたん》、バッシュの牙《きば》がむき出しになる。

威嚇《いかく》とも取れるような表情である。しかし、ヒューストンはオークについて誰よりも詳《くわ》しい男であった。この獰猛《どうもう》な表情が、単なる笑みであることを知っていた。

ゆえに、少しホッとし、会話が成り立つと確信した。

「このようなことになったのは、全《すべ》て私の監督《かんとく》不行き届きが原因、寛大《かんだい》なお心にてお許し頂けると幸いです」

「怒ってはいない」

バッシュは面倒《めんどう》くさそうにそう言うと、名残惜《なごりお》しそうにジュディスの方を見た。

それを見て、ヒューストンは「ジュディスに対して怒ってはいるが、殺すほどではない」程度だと判断した。

あれだけの扱《あつか》いをされて、その程度。オークとは思えないほど、器《うつわ》の大きい人物である。

普通《ふつう》のオークなら、少なくともジュディスだけは八《や》つ裂《ざ》きにするだろう。

とはいえ、いつ虎《とら》の尾《お》を踏《ふ》むかはわからない。

ヒューストンはできるだけ早めに会話を切り上げようと、声を上げた。

「ええと……一応、いくつかお聞かせ願えますか？　さしてお時間は取らせません」

「またか、何度同じことを言わせるつもりだ」

「もう少し、もう少しだけ、お付き合いいただければ……！」

何度同じことを聞いてるんだよ、と苦い顔をしながら、ヒューストンはジュディスを睨んだ。

ジュディスはバッツの悪そうな顔でそっぽを向いた。

「ええと……」

それからヒューストンは、通報を受けたという西の森の街道での出来事について尋《たず》ねた。

答えはもちろん変わらない。

馬車はバグベアに襲われていて、バッシュは通りすがり、バグベアを追い払《はら》っただけ。

女には声を掛《か》けたが、性交の同意を得たかっただけ。なぜ襲わなかったかといえば、オークキングの名において、他種族との合意なき性行為《せいこうい》は堅《かた》く禁じられているから。

バッシュはその掟《おきて》を守るつもりだから、襲ったというのは誤解である。

ヒューストンはそれを聞いて、なるほどと頷《うなず》いた。他のはぐれオークの言うことならまだしも、この男の言葉なら嘘《うそ》ではないだろう。

本当に、偶然《ぐうぜん》現場に居合わせただけなのだ。

それに関しては、ヒューストンも予想していた通りだ。

本当に襲いかかったのなら、逃《に》がすことなんてまずない。バッシュから逃げるのが本当に命がけなことは、ヒューストンが誰《だれ》よりもよく知っていた。本気で追いかけてくるバッシュから逃げ切るなら、重武装の部下を何人も犠牲《ぎせい》にして、なお運が必要になってくる。

だから、

「最後にもう一つ」

これが一番重要だ。

「お探し物ということですが……そのことをオークキング様はご存じで？」

「無論だ」

「なるほど」

この返答で、ヒューストンは得心がいった。

なぜバッシュがここにいるのか。

その理由。旅の目的。

それは、オークキングの命令だ。かのオーク王ネメシスが、バッシュに何らかの命令を下したのだ。その命令に従い、バッシュは旅に出た。

肝心《かんじん》な命令の内容は、『何か、あるいは誰かの捜索《そうさく》』だ。

「困りますね。そうしたことは、きちんと国を通していただかなければ」

「私用でな。面倒を掛けるつもりはない」

それもどうやら、ヒューマンに隠《かく》さなければならないような物……あるいは者らしい。

バッシュほどの英雄《えいゆう》を動かすのだから、相当のものだろう。

手に入れれば国に大きな利益をもたらすものか、あるいは放置すると国に多大な不利益を被《こうむ》らせるものか……。

ともあれ、オークの国にとって一大事なのは間違《まちが》いあるまい。

そうでなければ、国の英雄をたった一人でほっぽり出すものか。

このオークがこの場でジュディスやヒューストンを殺さないのは、その任務のお陰《かげ》だろう。

ヒューマンを殺して騒動《そうどう》になれば、任務に支障が出るのだ。

問題は、その任務の詳細《しょうさい》だが……。

「わかりました」

ヒューストンは、バッシュの任務について考えるのをやめた。

もしかすると、その探し物とやらはヒューマンに害するものかもしれない。

「では、以上となります。お手間を取らせて申し訳ありませんでした」

が、ヒューストンには関係がない。

余計なことに首を突っ込んで、命の危険にさらされるのは、まっぴらごめんだった。

命とは、戦場において最も大事で、しかし最も安いものなのだ。

バッシュの逮捕《たいほ》は、誤解からくる逮捕だった。彼はおとなしく逮捕され、事情を話してくれた。

なら、これでこの一件はおしまい。

一件落着だ。

一応、明日《あした》にでも本国に『オーク英雄《ヒーロー》バッシュが来た。何かを探しているらしい』と報告するが、そこから先は別の誰かの仕事である。

「うむ」

バッシュは深くうなずくと、簀巻《すま》きになったゼルをほどき始めた。

「お忘れ物のないよう、気をつけてお帰りください」

ヒューストンはほっとした顔でそう言った。

これにて一安心。初めて間近で話すバッシュは、英雄らしい、器の大きな人物であった。

が、大きいといっても、どこで爆発《ばくはつ》するかはわからない。

ヒューストンはオークについて詳しい。だが、だからこそ、自分の知らない常識があることも知っていた。

虎の尾を踏む前に、さっさと帰してしまうに限る。あとは、町中で余計な騒《さわ》ぎを起こしてくれないよう、祈《いの》るだけだ。

兵士も付けない。部下の命は大事だ。とにかくノータッチ。

ヒューストンはそう決めた。

自分の命惜しさにここまで生き残ってきたのだ。戦争が終わったのに死線をさまよってたまるか。

「……うむ」

しかし、バッシュはフェアリー巻きの具を取り出しながら難しい顔をしていた。

その視線は、チラチラとジュディスの方に飛んでいた。

（おや……？）

その視線を見て、ヒューストンの思考に、何か引っかかるものがあった。

帰れと言われて逡巡《しゅんじゅん》するバッシュ。

その理由は？　なぜジュディスを見る？　彼女に怒《おこ》っている？　しかし先程《さきほど》、怒っていないと自分で言った。ならばなぜ彼女を？　このオークが持っている彼女の情報は何だ？

彼女は騎士《きし》。西の森の捜索。街道の……つまり！

ヒューストンはその、賢《かしこ》すぎる頭をフル空転させ、結論を導き出した。

「まさか、街道の襲撃《しゅうげき》事件が、その『探し物』に関係があると？」

「……？」

バッシュは一瞬《いっしゅん》、動きを止めた。

何を考えているのかよくわからない無表情。

しかし、簀巻きから解放されたゼルがふよふよと飛んできて、バッシュに耳打ちをすると、バッシュはハッとした表情になった。

そして、神妙《しんみょう》な顔でヒューストンの方を向くと、静かに頷いた。

「うむ。そうかもしれんのだ」

「やはり！」

自分の予想があたったヒューストンは、ニヤリと笑った。

彼は賢い男である。自分の身の危険をさらさず、町中での騒ぎを抑《おさ》え、ついでにこのオークの英雄に恩を売る方法を思いついたのだ。

ヒューストンは聖人ではない。

自分の今後の人生が有利になるようなものが手に入るとなれば、少しは欲《よく》も出ようというものだ。

「ならばジュディスを付けましょう。彼女は街道《かいどう》の襲撃事件の責任者です。事件を調べるのであれば、彼女に手伝わせるのが一番です」

「は？」

反応したのは、入り口に立って不満顔をしていたジュディスだ。

「お待ち下さいヒューストン様！　私をこんな、女を犯《おか》すことしか考えていないような生物と一緒《いっしょ》に行動させるつもりですか⁉」

ジュディスはずいっと前に出てきて、バッシュの方を指さした。

バッシュはその指先を見つつ、低い声音《こわね》で言った。

「条約で同意なき交尾《こうび》は禁止されている。お前を犯すことはない」

ヒューストンはそれを聞いて、胸が熱くなった。

思い返せば、このバッシュというオークは、戦時中、部隊を壊滅《かいめつ》させても、女を持ち帰ることはなかった。他のオークが命令を無視し、その場で女を犯し始めるような連中ばかりだというのに。

オークであるなら、女を犯したいと思わないはずがないのに……。

愚直《ぐちょく》なまでに、オークキングの定めた掟を守るつもりなのだ。

「ほら、こう言ってらっしゃる」

「どうだか！　ヒューストン様も知っているでしょう！　オークという生き物は、見境がない醜悪《しゅうあく》な種族です。口でこう言っていても、暗がりで私と二人きりになれば、その本性《ほんしょう》を表すに決まっています」

それを聞いて、ジュディスの胸《むな》ぐらをヒューストンが摑《つか》んだ。

「いい加減にしろよ。いいか、この人はな、そこらのはぐれオークとは違う。『オーク英雄《ヒーロー》』バッシュ殿《どの》だ」

「は？　ひーろー？　何ですそれ？　オークキングの親戚《しんせき》か何かですか？」

ヒューストンはめまいを覚えた。

『オーク英雄《ヒーロー》』バッシュと言えば、戦時中、オーク方面軍に所属していた者なら誰でも知っている名前だった。

いくらこのジュディスが戦争終了《しゅうりょう》後に騎士になった新米といえども、ここまでモノを知らないのか、と。

「……」

怒鳴《どな》りつけたくなる気持ちを、ヒューストンはぐっとこらえた。

戦争が終わって三年。

戦争中に兵士だった者は、ほぼ全《すべ》てが故郷に帰った。戦いから遠ざかり、平和に暮らしている。

この町にいる兵士も、ほとんど戦争を体験していない。

オークキングの存在は知っていても、ネメシスの名を知らぬ者も多いのだ。

加えて、要塞都市《ようさいとし》とオークの国との間では、あまり交易が行われていない。ジュディスにしろ、彼女の部下の兵士にしろ、はぐれオークしか見たことがない。ルールを守る気のない、唾棄《だき》すべき犯罪者どもしか……だから、知らなくても、仕方がないのかもしれない。

「お前は知らんかもしれんが、オークの中でも特に立場のある方だ。本来なら、貴様が会話することすらできない、偉《えら》い方なのだ」

「は……ええ？　そうなんですか？　オークなのに？」

「お忍《しの》びでクラッセルにおいでなさったようだが、もしこの方が本気で怒れば、お前など一瞬で肉塊《にくかい》だ」

「はぁ……」

ジュディスはどうにもピンときていないようだった。

ならばとヒューストンは、少し方向性を変えることにした。

「もしお前のせいで、オークの国と戦争にでもなってみろ。責任を取らされて死罪になるのは免《まぬか》れん。この平和な時代にギロチンに掛《か》けられたいのか？」

「ギロ……でも……しかし、こいつは、オークで……」

ヒューストンは、自分のことを腰抜《こしぬ》けの日和見《ひよりみ》主義者だと思っている。

戦争中、バッシュから逃《に》げ回っていたがゆえの自己評価だ。

だが、周囲はそうは思っていない。ジュディスも、それ以外の配下も、ヒューストンは誰《だれ》よりも冷酷《れいこく》で、誰よりも恐《おそ》ろしい男だと思っている。

だからこの言葉も、忠告というよりは恫喝《どうかつ》……脅《おど》されているようにしか感じなかった。

まだまだ若く、新米のジュディスは、震《ふる》え上がらずにはいられない。

「おい」

しかし、それをバッシュが咎《とが》めた。ここで初めて不機嫌《ふきげん》そうな声を上げ、ヒューストンを睨《にら》んだのだ。

「その手を離《はな》せ」

ヒューストンはパッと手を離した。まるで最初から何も摑んでいなかったかのような瞬速だった。

「あの、何か？」

「貴様……」

バッシュは少し言葉を選んでいたが、すぐにこう言った。

「女に命令してばかりで、恥《は》ずかしくないのか？」

「それ……は……」

ヒューストンはその言葉を聞いて、胸が熱くなった。

ヒューマンの都合で拘束《こうそく》し、長時間の尋問《じんもん》。誤認逮捕だとわかった後も、女騎士の態度は変わらず、自分を蔑《さげす》んでくる。

思うところがないはずがない。怒っていないはずもない。だというのに顔にも出さず、あまつさえジュディスを気遣《きづか》うようなことさえ言ってのける。

これがそこらのオークであれば、ヒューストンは鼻で笑っただろう。

女かどうかは関係ない、彼女は自分の部下だ、お前には関係ない、ひっこんでいろ、と。

あるいは、見くびっただろう。捕《つか》まり、怯《おび》え、しかし話がいい方向に転がったから、調子に乗ってこんなことをいい出したのだ、と。

しかし、違《ちが》う。このオークは、瞬《まばた》きをする間にこの場にいる全員を殺すことができる。言葉で、教えてやる必要がないのだ。力で、わからせてやることができるのだ。ヒューマンがいかに脆弱《ぜいじゃく》な生き物かを。

彼はそれをしなかった。あれだけ屈辱《くつじょく》的に扱《あつか》われてなお、我慢《がまん》した。

なぜそれができるのか。

恐らく彼は、オークという種族全体のことを考えているからだ。ヒューマンと敵対すれば、オークキングが発行した掟《おきて》に背《そむ》くことになる。あのバッシュがオークキングの命令に背いたとなれば、血気盛《さか》んなオークたちも、それを真似《まね》してしまうだろう。

そうなれば、オークはまた別の種族との戦争を開始してしまう。オークは、先の戦争で数を減らしている。もし戦争となれば、今度こそ滅亡の道を歩むことになるだろう。

ゆえに、己《おのれ》を律しているのだ。

任務のため、オークの未来のため、自分を犠牲《ぎせい》にできる人物なのだ。

あれだけの強さを持ちながら、それを自分のためではなく、種族全体のために使うことができるのだ。

なんと凄《すさ》まじい男なのだろうか。

想像以上の寛大《かんだい》さ、器《うつわ》の大きさ……。

あらゆるものの大きさに、ヒューストンは、自分が恥ずかしくなった。

確かに、彼から見れば、おどおどへこへこしながら女に命令ばかりしている自分は情けなく、見ていられないだろう。

指揮官として、男として、こうであってはいけないのだ。

だからヒューストンは覚悟《かくご》を決めた。虎《とら》の尾《お》を踏《ふ》むかもしれない覚悟を。

「その通りですね……わかりました。では、私も森の調査に同行します」

その瞬間バッシュが微妙《びみょう》な顔をしたのだが、感銘《かんめい》を受けて盲目《もうもく》となっていたヒューストトンはそれに気付かなかった。

5. 追跡《ついせき》

夢を見ていた。

それは、まだバッシュが戦場に出始めたばかりの頃《ころ》の夢。

あの日、バッシュは敵に奇襲《きしゅう》を掛けるべく、藪の中に潜《ひそ》んでいた。

「なぁ、お前ら、嫁《よめ》にするならどんな女がいい？」

藪の中でじっと身を潜めていると、ブルフィットがそんなことを言い出した。

彼は首元に深い傷跡《きずあと》があった。この戦いの前の戦場で深手を負ったのだ。もし首と胴《どう》を切り離されていれば蘇生《そせい》もできないところだったが、分厚く固いオークの皮膚《ひふ》と筋肉のおかげで、頸動脈《けいどうみゃく》を切り裂《さ》くに留《とど》まった。

生命力の強いオークといえども、治療《ちりょう》しなければそのまま死に至る傷。

しかしブルフィットは狼狽《うろた》えることなくそのまま戦い続け、己に傷を与《あた》えた存在を返り討《う》ちにし、見事に生還《せいかん》した。

そのことを武勇伝として何度も語っていた。

勇猛《ゆうもう》で、オークらしい男だった。

「やっぱ気の強い女だな」

ビッグデンは同期の中でも、特に体の大きい男だった。

オークの新兵は、力任せの戦いをすることが多い。そうなれば、大きいと強いはイコールで結ばれる。大きければ多少の傷を無視して戦うことができ、大きければより大きく重い武器を扱える。

巨大《きょだい》な棍棒《こんぼう》を両手でもって暴れる様は、まさにオーク期待の新星であった。

幾度《いくど》かの戦場を越《こ》えて目立つ傷もなく、バッシュの同期の中で、一番期待されていた男と言えよう。

「俺も気の強い女だ。それにヒューマンなら女騎士《きし》がいい。大戦士長《グレイトウオーロード》の嫁みてぇなやつだ」

ドンゾイは左手の薬指と小指がなく、体中に大きな火傷《やけど》の痕《あと》があった。

初陣《ういじん》で魔法使《まほうつか》いに火だるまにされたのだ。

近くに池が無ければ、そのまま死んでしまっただろう。

それ以来、彼は盾《たて》の裏に水袋《みずぶくろ》を忍ばせている。バッシュと同年代の戦士の中で、もっとも用意周到《よういしゆうとう》な男だった。敵の種族から対策を考え、盾を持ったり、火炎瓶《かえんびん》を持ったりと、工夫《くふう》を怠《おこた》らなかった。彼のお陰で部隊が助かったことは、一度や二度ではない。

「わかるぜ。大戦士長《グレイトウオーロード》の嫁は、もう三人もガキを産んでやがるのに、まだ大戦士長《グレイトウオーロード》に抵抗《ていこう》するもんな。そんで部下の前で犯《おか》されて……へへ、勃《た》ってきちまった」

ブーダースはレッドオークで、顔に十字の傷があり、バッシュの部隊の隊長だった。腕《うで》が他《ほか》のオークより一回り太く、その分だけ怪力《かいりき》を誇《ほこ》った。

ドワーフの女から産まれた彼は手先も器用で、コンポジットボウを獲物《えもの》とする弓兵《アーチャー》だった。オークの筋力に合わせて作られたコンポジットボウの威力《いりょく》は凄まじく、当たれば馬を木に縫《ぬ》い止め、ワイバーンを空から落とすほどであった。

隊長だけあって頭も良かったが、レッドオークという特殊《とくしゅ》なオークに生まれついたがゆえか、自分を特別な存在だと思っており、口と態度が悪かった。

「嫁を娶《めと》るためにも、出世しないとな……」

バッシュはそんな彼らの中では、一番剣《けん》がうまかった。とはいえ、当時はまだ、特筆して強いということもなかった。同期の中では一番小柄《こがら》だったし、色もグリーンだった。みそっかすという程《ほど》ではないが、影《かげ》は薄《うす》かった。

「おう。ちげえねえ」

「いっちょやるか」

「よし、そろそろ来るな……全員、静かにしろ」

ブーダースの号令で、全員が押し黙《だま》る。

しばらくすると、蹄《ひづめ》の音が聞こえてきた。かなり足音を殺して行軍しているようだが、オークの鋭敏《えいびん》な聴覚《ちょうかく》は騙《だま》せない。

バッシュたちは、馬の息遣《いきづか》いが聞こえる位置まで、敵を待ち、そして……。

「ゴォアアアァァァ！」

襲《おそ》いかかった。

敵の数は、騎《き》兵《へい》が五に、歩兵が三十といったところだったろうか。中隊規模だ。

対するオークの数は五。数の不利は確実であったが、オークの戦士たるバッシュたちに撤退《てったい》の二文字はなく、そのまま乱戦となった。

……あの戦いで、ビッグデンが死んだ。

◇

目覚めると、バッシュは見知らぬ部屋に寝《ね》ていた。

(どこだ、ここは……？)

咄嗟《とっさ》に体を起こすと、昨日の記《き》憶《おく》が蘇《よみがえ》ってきた。

なりゆきで、ジュディスと共に街道襲撃《かいどうしゅうげき》事件の真相を探《さぐ》ることになったのだ。

だが、その時すでに日が落ちていたため、バッシュは砦《とりで》の個室に案内され、そこに泊《と》まることになったのだ。

（クラッセル、か）

ふぅと息をつく。それと同時に、夢の内容を反芻《はんすう》していた。

（確かに、あんな会話をしたことがあったな……）

戦時中の夢を見たのは、昨日出会ったジュディスのせいだろう。

唐突《とうとつ》に現れた女。器量良し、普段《ふだん》から剣を振《ふ》っているおかげか、体つきも◎。声も心地《ここち》よく耳に響《ひび》いてきて、ずっと聞いていたかった。

しかも職業は騎士。女騎士というのは、オークにとって人気の職業である。

気位が高く、最後まで諦《あきら》めない。捕《と》らえられてなお抵抗の意志を見せるほどの気概《きがい》と、そんな気高き女を無理矢理孕《はら》ませるという状況《じょうきょう》に、オークは興奮するのだ。

嫁にするなら騎士か姫《ひめ》と言われるほどに……と、仲間内では言われていた。

バッシュ的には、別に姫や女騎士でなくとも構わない。童貞《どうてい》を捨てられれば、相手など誰《だれ》でもよかった。

だが、ジュディスはまさに、オークが夢見る女騎士を体現したような女だ。あの娘《むすめ》で童貞を卒業すると考えると、思わず一部分が元気になってしまう。

（あんな可憐《かれん》な女騎士といきなり出会えるとは、俺は運がいい）

「あ、旦那《だんな》、おはようございます」

バッシュが感慨《かんがい》に浸《ひた》っていると、テーブルの上に座って羽の手入れをしていたゼルが、ニヤニヤしながらこちらを見ていた。

「朝からお盛んっすねぇ。もうあの女を孕ませること考えてるんすか～？」

「まぁ、な」

「いやー、それにしても旦那がおっ立ててるところって初めて見たっすけど、いやー、立派っすねえ」

「そうか？」

そう言われ、バッシュは誇らしい気持ちになった。

オークにとって、膨《ふく》らんだ股間《こかん》を見られることは恥《はじ》ではない。むしろ、自分の雄々《おお》しさの象徴《しょうちょう》であるから、積極的に見せていくべきだと言われている。モノの大きさを褒《ほ》められるのは、オークにとって二番目に嬉《うれ》しいことなのだ。

一番目は、もちろん強さを褒められることである。

「あのジュディスって女騎士、絶対に処女っすからね！　それ突《つ》っ込まれたらひぃひぃ言うっすよ」

ゼルは軽口を叩《たた》いているが、少し恥《は》ずかしそうだった。

顔はバッシュの方を向いているし、口元もニヤケているのだが、視線は微妙《びみょう》に左右に泳いでいた。

「でも、あの女で本当にいいんすか？」

「何がだ？」

「いや、新米のくせにめちゃくちゃ生意気じゃないっすか。旦那を捕《つか》まえてあんな上から目線で！　寛大《かんだい》なオレっちでも、ちょっとイラッときましたよ」

「そこがいいんだ。気の強いところがな」

「旦那って気の強い女が好きなんすか？」

「ああ。オークはみんなそうだ」

そう言うが、バッシュは気の強い女と出会い、至近距離《きょり》で会話をしたのは昨日が初めてだった。

それまでは、会話をすることはなく、戦闘《せんとう》に入っていた。

ちなみに気の強い女がいいというのは、所詮《しょせん》オーク連中の下衆《げす》な会話から得てきた情報に過ぎない。オークの誰もが『気の強い女がいい』と言っていた。だから、気の強い女がいいのだ。

「ふ～ん、そういうもんなんすねぇ」

ゼルは気のない返事をしつつ、己《おのれ》の体から落ちた鱗粉《りんぷん》を集め、小さなビンに詰《つ》めていた。

妖精《ようせい》の鱗粉には不思議な力がある。傷に振りかければその傷は癒《い》やされ、飲めば疲労《ひろう》を回復させる。何日か服用を続ければ大抵《たいてい》の病気も治るし、美容にもいい。

いわゆる万能薬《ばんのうやく》である。

妖精のメイン産業の一つであると同時に、肉体的に弱いヒューマンが妖精を手に入れたがる要因の一つである。フェアリーの国も、他の種族が欲《ほ》しがるならと、積極的に鱗粉を輸出している。

フェアリー自体が小さいため、大した量にはならないのと、時間が経《た》てば経つほど効力が薄れるため、フェアリーを密猟しようとするヒューマンは跡《あと》を絶たないが。

「どうぞ旦那」

「いいのか？」

「助けてもらったお礼っす！　あ、でもでもぉ、使う時はオレっちの見ていないところで使ってほしいっす」

ゼルはもじもじと顔を赤らめながら、ビンをバッシュへと差し出した。

基本的にフェアリーはこの鱗粉を他人にあげることを嫌《いや》がる。

というのも、鱗粉は妖精にとって排泄物《はいせつ》と同じだからだ。いくら妖精が刹那《せつな》的な生き物とはいえ、排泄物を傷に塗《ぬ》りたくったり、飲んだりしてるのを見れば、ドン引きせざるをえない。

ちなみに戦争に参加していないフェアリーの国の住人のほとんどは、自分たちの排泄物がどこでどう使われているかを知らない。

ヒューマンは自分のうんちを使って作物を育てるらしいよ？　キャハハ、変なのー！

と笑っている。

もちろん、ゼルは戦争を生き抜《ぬ》いた妖精だ。

恥ずかしいものは恥ずかしいが、ある程度は、そういうものだと割り切っている。

「わかった」

バッシュはうなずきつつビンをもらった。

「助かる。これにには何度も助けられた」

バッシュがまだ新兵だった頃《ころ》は、戦いの度《たび》に大きな怪我《けが》をしたものだが、妖精粉のおかげで命をとりとめた。

戦争も終盤《しゅうばん》となってくるとバッシュはほとんど怪我を負わなくなったが、スタミナが無《む》尽蔵《じんぞう》というわけではない、何日も休みなく戦い続けるには、こうしたものが必要だった。

今回も使う機会はないだろう。

だが、持っていてこれほど心強いものもないというのを、バッシュは知っていた。

「じゃあ、ささっと服を着て——」

と、ゼルが口を開きかけた時だ。

「おい、ヒューストン様の命令で、貴様を案内……」

唐突に扉《とびら》が開き、ジュディスが顔をのぞかせた。

そして、バッシュを見た。一糸まとわぬ逞《たくま》しい肉体と、その盛り上がった股間を。

「……」

顔面は蒼白《そうはく》で、呼吸が止まっていた。

その顔の奥底にある感情は、バッシュもよく知っているものだ。

怒《いか》り。

ジュディスは、言葉が出てこないほど、怒《おこ》っていた。理由はバッシュにもわからない。

昨晩は屋内での就寝《しゅうしん》ということで鎧《よろい》を脱《ぬ》ぎ去り裸《はだか》で寝たが、まさかそれがジュディスの怒りに火を点《つ》けたとでも言うのだろうか……。

「……なんだ？」

「早く、準備をしろ……私は、外で、待っている……！」

「わかった」

　目を付けた女に失礼をしたなら、謝罪の一つでもと思ったが、バッシュはオークだ。理由もわからず謝るような文化は持ち合わせていなかった。

「何を怒っているのだ……」

「昨日からカリカリしてたっすからね。怒ってるのがデフォルトなんじゃないっすか？」

「昨日の様子と今の様子は明らかに何かが違《ちが》うようにも見えたが……」

「そっすかねぇ」

　何かが違う。しかしその違いについて口で説明できるほど、バッシュは人付き合いが達者というわけでも、ヒューマンについて詳《くわ》しいわけでもなかった。

「ともあれ、待たせるのもアレですし、早いとこ準備して行くっすよ！　女騎士《きし》を落としに！」

「ああ！」

　準備が整ったところで、二人は部屋を出た。

◇

クラッセル西の森。

そこには、一本の街道が走っている。戦時中、輸送用に作られた街道で、この街道を造った将軍の名からブリクース街道と呼ばれている。この街道をさらに西へ進むと二手に分かれ、片方はエルフの国の飛地へ、もう片方はオークの国へと続いていた。

街道といっても、馬車がギリギリすれ違える程度の、細い道だ。

オークの国に用事のある者はそう多くはおらず、エルフの国の飛地に行きたければもっと安全な道があることから、通行量は多くない。

ちなみにバッシュが利用しなかったのは、オークに道を歩くという常識がないからだ。

森の中で迷わず、多少の地形をものともしない彼らに、街道は無用のものなのだ。

そんなブリクース街道において、ある事件が起きた。

荷馬車がバグベアに襲《おそ》われ、乗っていた商人が死亡したのだ。まぁ、よくある事件である。

戦争が終わったとはいえ、人を襲う獣《けもの》がいなくなったわけではない。

知能の低い魔獣《まじゅう》はそこらを闊歩《かっぽ》し、時として人を襲うのだ。

ただ、その回数が多かった。

ゆえにクラッセルの騎士団長ヒューストンは、ハンターたちにバグベアの討伐《とうばつ》を依頼《いらい》した。

大抵の場合、こうした事件が続くのは、森の中で獣が増えすぎたことから起こる。

ならば、駆除《くじょ》すればいいのだ。

ハンターはバグベアの大きな群れをいくつか駆除した。

西の森から全《すべ》てのバグベアを殺すというわけにはいかないが、大きな群れをいくつか潰《つぶ》すだけでも効果はある。

これにて一件落着。

襲撃《しゅうげき》事件は完全になくなりはしないだろうが、数を減らすだろうと。

しかし、そうはならなかった。

襲撃はバグベアを駆除したあとも、同じ頻度《ひんど》で続いたのだ。

何かがおかしい。そう思ったヒューストンは、新米騎士であるジュディスに、調査を命じた。

彼女は新米とはいえ、騎士になって一年。そろそろ、何か仕事を任せてもいい頃合《ころあ》いだった。

ジュディスは張り切って調査を開始した。彼女はそこそこに優秀《ゆうしゅう》で、初めての任務に戸《と》惑《まど》いつつも、いくつか気になる情報を集めてきた。まず、西の森にはそれほど多くのバグベアが生息しているわけではないということ。

冒険者《ぼうけんしゃ》たちの討伐報告と差し引いて考えても、もともと事件が頻発《ひんぱつ》するほどのバグベアは生息していなかった。

それと、襲われた商人の持っていた積荷が、いくつか消えていたこと。大手の商会がリストと照らし合わせなければわからないほど少数だが、あるべきものが消えていた。

バグベアや野生動物が興味本位に持っていくことはあるかもしれないが、あまりに頻度が多かった。

その二点から、ヒューストンはこれを人為《じんい》的なものと判断した。

何者かが、バグベアの仕業《しわざ》に見せかけて襲撃し、商品を少しずつちょろまかしているのだ、と。

しかし、その犯人は一向に捕まらなかった。

襲撃事件は起きる。だが、その痕跡《こんせき》は、何をどう調べてもバグベアのものだ。

バグベアたちは護衛がいる商隊には近寄ってこないが、戦争が終わって三年、新進気鋭《きえい》の商人たちも多く、護衛を雇《やと》える者ばかりではない。

目撃情報を集めても、あくまでバグベアによるものだということしかわからない。

人の命が掛《か》かっているがゆえ、諜報《ちょうほう》員を置いて襲撃の一部始終を見届けるわけにもいかない。

と、そこでジュディスは行き詰《づ》まった。

集まらない情報、見えてこない真相、捕《つか》まらない犯人……わからないことばかりで、ジュディスは困り果て、焦《あせ》っていった。

初任務ということが、焦りに拍車《はくしゃ》をかけた。

困り果てたジュディスのところに、事件が起こった。

街道《かいどう》を警備していたところ、まさに襲撃されたてほやほやの馬車を発見したのだ。

もっとも、その時は下手人を発見したわけではない。

ただ、現場をよく調査したところ、オークの足跡《あしあと》を発見。それを追跡《ついせき》したところ、クラッセルに続いていた。さらに町中で目撃情報を集めたところ、オークが町に入ったという情報を入手。さらに、森でオークに襲われたという女商人からも証言を得ることができた。

それらの情報に飛びついたジュディスはさらに調査を進めた。

そして、女商人が襲われたというオークが、ある宿に泊《と》まっていると判明したのだ。

もっとよく調べれば、どうやらこのオークは襲撃者ではないと気付きそうなものだが
……ジュディスは焦っていた。

ようやく手に入れた手がかりらしきものに「なんてことだ。街道の襲撃事件の犯人は、

町中にいたのだ！　気付かないわけだ！　灯台下暗《もと》し！　よし、これをきっかけに、町中の窃盗《せっとう》団を一網打尽《いちもうだじん》にしてやる！」と、鼻息を荒《あら》くしてしまった。

そして兵を引き連れて宿へと向かい——バッシュの誤認逮捕《ごにんたいほ》へと至ったのである。

「と、いうわけです。バッシュ殿《どの》、どう見ますか？」

バッシュは、襲撃現場に訪《おとず》れていた。壊《こわ》れた馬車、数日経過して、ハエがたかっている馬の死体。

それに、クッキリと残る足跡。

足跡は三種類。商人のもの、バッシュのもの……それと、無数に残るバグベアの足跡だ。

「……バグベアの襲撃だな」

バッシュは襲撃現場を一通り見て、そう結論づけた。

戦争中も、こうした襲撃事件は何度も起こった。大抵《たいてい》は敵国の兵によるものだったが、時に獣や魔物に襲われることもあった。オークは戦士が多いため、大抵は撃退するが、それでも襲撃する群れが大きければ、不覚を取る場合も出てくる。

眼《め》の前に広がっているのは、そんな現場にそっくりだった。

「ふん。所詮《しょせん》はオークだな。見たままか？」

「むう……」

ジュディスが挑発《ちょうはつ》するように鼻を鳴らした。バッシュは戦士であり、こうした調査はあまり得手ではなかった。だから、見たままを言うしかない。とはいえ、それでも何か、何か一つ、良いところを見せたかった。

「そう……だな。まず、商人たち以外の痕跡は残されていない。積荷もほとんど手がつけられていない。敵軍による偽装《ぎそう》工作を施《ほどこ》されている場合でも、積荷が手付かずである可能性は低い……。特に食料や水は真っ先に奪《うば》われる。戦争中なら、バグベアによる襲撃として片付けるだろうな」

「そうだな。それで？」

バッシュはその小さな脳をフル回転させた。

これほど頭を使ったのは、アリョーシャの洞窟《どうくつ》でドワーフの軍勢に生き埋《う》めにされかけた時ぐらいだ。

あの時は、持てる全ての情報をリソースに費《つい》やして、脱出《だっしゅつ》したものだ。

「……もし人の手によるものなら、何か目的があるはずだ」

「だから、その目的というのは、人の手によるものだと悟《さと》らせず商人を襲うためだと言っているだろう。悟られなければ、捕まりもしないし、長く盗賊《とうぞく》生活を送ることができる。まったく、これだからオークは頭が悪くてこまる……」

「むぅ……」

バッシュはチラリと相棒のフェアリーの方を見た。

こういう時、偵察役《ていさつ》である妖精《ようせい》に意見を聞くのは、オーク戦士の常であった。

ゼルは現場を見て回りつつ、ふーむと空中で反転しながら考えていたが、バッシュの視線を受けると首を振《ふ》った。

「ま、現状ではバグベアの襲撃だとしか言えないっすね」

「それみたことか。当然だ。我らがどれだけ調査してもわからなかったのだ。貴様らがちょっと見た程度でわかるものか」

ジュディスは偉《えら》そうに胸を張ったが、胸を張れるようなことではない。

ともあれ、ゼルにもわからないのであれば、バッシュにわかることもなかった。

「じゃあ、追跡するか」

「そっすね、次にいきましょ」

「次？　何を言っている」

ジュディスは胸を張ったポーズのまま、訝《いぶか》しげに二人を見た。

「何って、バグベアを追跡するんすよ」

ゼルがそう言うと、ジュディスは頭の上に疑問符《ぎもんふ》を浮《う》かべた。

「追跡？　何を言っている。バグベアは狡猾《こうかつ》だ。一流のハンターでも追跡することなどできん」

バグベアは追跡できない。

それは、ヒューマンの常識だった。彼らは足跡を巧妙《こうみょう》に消すし、糞《ふん》も巣に戻《もど》ってからしかしない。

巣に戻る際には、川を通ったり、木を伝って移動し、痕跡を消す。

だからハンターがバグベアを駆除する場合には、特殊《とくしゅ》な香《こう》を焚《た》いておびき寄せるのだ。

その香はバグベアの血から作ったもので、これを焚くと縄張《なわば》りを荒《あ》らされたと勘違《かんちが》いしたバグベアが集団で襲いかかってくる。

香を焚いた場所がバグベアの縄張りであればの話だが。

「……あれ？　ヒューマンはそうなんすか？」

とはいえ、それはあくまでヒューマンの常識だ。

他《ほか》の種族もそうとは限らない。

「フェアリーは違うとでも？」

「いやいやいや、フェアリーが追跡とかそんな野蛮《やばん》なことするわけないじゃないっすか。

大体、バグベアなんて追っかけてどうすんすか。フェアリーの国には存在してない獣《けもの》だから、興味本位に追いかける奴《やつ》はいるかもしれないっすけど……」

バグベアは、元々ヒューマンの国にいなかった魔物だ。

それが、戦争が終わってからヒューマンの国にも現れるようになった。

なぜ？　バグベアが移動した？　縄張り意識が強い獣なのに？

いいや違う。ヒューマンが、ある種族の領土を奪い取ったからだ。その領土でだけ、バグベアが発生している。では、バグベアは元々、どの種族の領土にいたのか。

「バグベアを追いかけるならオークっすよ。もう何百年もやってんすから」

そう、オークの国であった。

◇

魔獣《まじゅう》とは、害獣である。

駆除したつもりでも放《ほう》っておけば発生するし、時に畑や家畜《かちく》を襲《おそ》う。

数が増えれば積極的に人を襲うこともある。

普通《ふつう》の獣と魔獣の違いは何かと聞かれると、そう多くの違いはないが……ただ一点。ある一定の周期で自然発生する、ということぐらいか。

ちなみに、かつては積極的に人を襲うことが魔獣と獣の違いと呼ばれていた。

ゆえにビーストやオーク、デーモンといった、現在では『人』として扱《あつか》われている種族も、戦争前は魔獣や魔物と呼ばれていたらしい。ヒューマンの古文書《こもんじょ》にそう書いてある。

さて、そんな魔物の一種であるバグベアだが、オークたちにとっては、そこらの獣と大差がない。

味はそれほど美味《うま》くもないが、大きくて数が多いため、食いでがある。

なので、オークはよくバグベアを獲《と》ってくる。狩《か》りは早朝に出ることも多く、文字通り朝飯前だ。

戦争中は、バッシュもよくバグベアを狩ったものだ。

「……」

バッシュは無言でバグベアを追跡していた。

久しぶりの狩りであったが、手慣れたものである。

バグベアは狡猾だが、決して痕跡を残さないわけではない。

特に、木々に擦《なす》り付けられた唾液《だえき》の匂《にお》いは、追跡の大きな手がかりとなる。

オークは鼻が利《き》く。特に魔獣の匂いに対しては敏感《びんかん》だ。ヒューマンのハンターにはわからないぐらいの微細《びさい》な匂いでも、感じ取ることができる。こと魔獣の匂いに関しては、ビースト族以上とも言われていた。

逆に言えば、オークの鼻がなければバグベアの追跡は困難だった。

彼らは病的なまでに自分たちの痕跡《こんせき》を残さない。仮に見つけたとしても、その足跡は信用ならないことも多い。巣の方向と見当違いの方向に足跡をつけ、追跡者の目を晦《くら》ますのだ。

「オークは魔物に対する嗅覚《きゅうかく》が優《すぐ》れているとは知っていましたが、これほどとは……」

ヒューストンは淡々《たんたん》とバグベアを追跡するバッシュを見て、感嘆《かんたん》の声を上げた。

「大したことはない。ビーストと違ってごまかされやすいのは、お前なら知っているだろう」

「ま……まぁ……」

バッシュの返事に、ヒューストンは苦笑いした。

オークの嗅覚は優れているが、やや大雑把《おおざっぱ》だ。匂いがあることはわかるが、微細な匂いの嗅《か》ぎ分けはできない。それを利用して、ヒューマンはオークをおびき寄せ、一網打尽にしたことがある。

作戦を考え出したのは、もちろんヒューストンである。

ヒューストンはその方法で、バッシュを罠《わな》に嵌《は》めて殺そうとしたこともあった。

「ともあれ、これなら襲撃《しゅうげき》を行っているバグベアのところまですぐにつけそうですね」

バッシュを先頭に、ぞろぞろと七人がついていく。

ヒューストンとジュディス、さらに五人の兵士。兵士は、全《すべ》てヒューストンの子飼いだ。戦争中からヒューストンの配下である五人……当然、バッシュのことも知っている。とはいえ、所詮は一兵卒。敵に興味がある者もおらず、ヒューストンほどオークに詳《くわ》しいわけではない。

『オーク英雄《ヒーロー》』と言われても、それがどれぐらい重要な地位であるかわからない。

戦場で暴れまわっていたクソヤバいオーク、ぐらいの認識であった。

出立前にヒューストンから「オークとはいえ立場のある人物だ。警戒《けいかい》する必要はない」と言われてはいるが、彼らにとってバッシュが得体の知れないオークであることに代わりはない。

彼らはいつ奇襲《きしゆう》を受けてもいいように周囲を警戒すると同時に、バッシュにも注意を払《はら》っていた。

むしろ、なぜヒューストンがここまでオークに対して心を許しているかの方が、疑問だった。

「ヒューストン様はどうしてしまったんだ……普段はあれほどオークを憎《にく》んでいる方なのに」

「わからん」

「……もしかすると、戦争中にあのオークと何かあったのかもしれん」

兵たちは小声で相談しあい、ヒューストンの態度を自分たちなりに呑《の》み込んでいった。

「何かって、なんだよ。魅了《チャーム》でも掛《か》けられたってか？　オークに？」

「さぁな。まぁ、あの豚《ぶた》殺しのヒューストン様が、これだけ気を許してんだから、それだけの何かだよ」

「ハーピーやリザードマンにもいいやつはいるんだ。オークにだっていてもおかしくねぇか」

「それもそうか……ま、特別らしいしな、あのオークは」

兵たちはそうやって勝手に納得《なっとく》していたが、納得できない者もいた。

ジュディスだ。

「……ふん」

周囲の兵たちが次第《しだい》に態度を和《やわ》らげる中、彼女だけが厳しい目でバッシュを睨《にら》んでいた。

「！」

と、バッシュが唐突《とうとつ》に振《ふ》り向いた。

ジュディスは慌《あわ》てて視線を逸《そ》らそうとし、しかし何もやましいことがあるわけではなく、自分から視線を逸らすのは負けだと思い、彼を睨んだ。

バッシュはそのいかつい顔を歪《ゆが》めることなく、ジュディスを見た。

しばらく、視線が混じり合った。ジュディスは、目を逸らした方が負けだと言わんばかりに目に力をいれた。きっと、ここで弱気な態度を見せれば、このオークは調子に乗るだろうと思って。

「フッ」

しかし、そんな気持ちを見透《みす》かしたかのように、バッシュはやれやれといった感じで目を逸らした。

「なっ！」

さすがのジュディスにもわかった。

馬鹿《ばか》にされたのだ。お前とは争う価値もないと思われたのだ。

(なめられた……！)

無論、バッシュにそうした意図はない。

ゼルのレクチャー、その4とその5、『熱い眼差《まなざ》し』と『意味深な笑《え》み』を実践《じっせん》したのだ。

ヒューマンの女は、自分を見てくれる男に弱い。さらに言うと、ミステリアスな男にも弱い。

ふとした拍子《ひょうし》に意味深な笑みを浮かべる男にも、グッとくるのだ。

ヒューマンの女、弱点だらけである。

もっとも、その弱点はジュディスには通用していないようであった。

「バッシュ殿《どの》、いかがなされました？」

「なんでもない……そろそろ近いぞ」

その言葉に、ヒューストンは表情を引き締《し》め、片手を上げた。

その合図で、兵たちが一斉《いっせい》に止まった。ガシャンと一度音を立てた後、ピクリとも動かなくなる。

ヒューストンの子飼いの兵は、重い甲冑《かっちゅう》を身に着けてなお、無音での直立姿勢を保つことができる。音を出せば死ぬような戦場を生き抜《ぬ》いてきた者たちだった。

「では、音無しを。ジュディス」

「……了解《りょうかい》しました」

ヒューストンに言われ、ジュディスは渋々《しぶしぶ》といった感じで腰《こし》の杖《つえ》を手にした。

ブツブツと何かを唱え、兵一人一人に対し、『音無しの魔法』を掛けていく。

この手の補助魔法を掛ける際には、相手に触《ふ》れなければならない。

当然ながら、バッシュに触れる際、ジュディスは一瞬《いっしゅん》、躊躇《ちゅうちょ》した。が、上司の前で堂々と嫌《いや》がるわけにもいかない。うまく成果は出せていないが、これは初任務なのだ。感情で台無しにするわけにはいかない。

憎々《にくにく》しげな表情のまま、バッシュのむき出しになっている肩《かた》に手を当てた。

「おうふっ」

その瞬間《しゅんかん》、バッシュが変な声を上げた。

唐突な声に、ジュディスはビクリと身を震《ふる》わせた。

「なんだ？」

「いや、すまん。手が冷たくてな」

バッシュはなんとか取り繕《つくろ》ってそう答えた。もちろん初めて触れる女性の手の柔《やわ》らかさに、感動してしまったからである。今すぐにでも目の前の女を抱《だ》きしめたい。そんな衝動《しょうどう》が湧《わ》き起こる。

だが、我慢《がまん》した。

それをするとヒューマンの女が嫌がることは、ゼルから教えられるまでもなく知っていた。

特に気の強い女はそうだ。

戦時中、大隊長《グレイトチーフ》が女を連れ歩いているところを見たが、大隊長が抱きしめただけで半狂《はんきょう》乱《らん》になって暴れていた。

その時は、特に交尾《こうび》をするつもりはなかったはずで、抱きしめたのも戯《たわむ》れ半分。周囲のオークたちもそれを笑って見ていたが、あの狂乱っぷりを見るに、ヒューマンからすると、そうではないのだろう。

もし、今の世の中でそれをすれば、強引《ごういん》に交尾を迫《せま》ったとみなされるはずだ。

ゆえにバッシュはグッと体に力を入れて、鼻息が荒《あら》くなるのをこらえた。

レクチャー6・鼻息の荒い男はモテない。

オークは戦《いくさ》や女を前にすると興奮して鼻息を荒くするものだが、ヒューマンの女にそれは禁物だ。野蛮《やばん》に見える。

そうして我慢していると、バッシュの体が暗く輝《かがや》いた。魔法に掛かった合図だ。

「よし、まずは偵察《ていさつ》を出しましょう」

ヒューストンがそう提案したところで、ゼルがヒュンと音を立てて出てきた。

「偵察ならオレっちにお任せっす！　バッファ山の火口にだって飛び込んでみせるっすよ！」

ゼルはそう言うと、返事を待たず、バビュンと音を立てて森の奥へと飛んでいった。「日が登りきる前には戻《もど》るっすー」という声を残しながら。

「……まぁ、ゼル殿にまかせておけば、まず問題ないでしょうね」

ヒューストンはゼルのことも知っている。

あのフェアリーは、どれだけ見つかりにくいところに隠《かく》れた敵陣《てきじん》も、瞬時に見つけ出す。そして敵陣深くに潜入《せんにゅう》し、バッシュを誘導して部隊を破壊《はかい》する。偵察のエキスパートであり、潜入のエキスパート。ヒューストンはそう認識《にんしき》していた。

「そう……だな……」

「ひとまず、ゼル殿が帰ってくるまでここで待機しましょう」

「ああ」

バッシュは頷《うなず》きつつも、何か少しだけ苦い顔をしていた。

彼は知っていた。ゼルは必ずといっていいほど敵を見つける。だが、同時に半分ぐらいの確率で敵に見つかって捕《つか》まる、ということを……。

——そして案の定、ゼルは戻ってこなかった。

6. 疑似餌《ぎじえ》のゼル

小さく速いフェアリーは偵察要員として最適。

そう思えるが、実をいうとそれほどでもない。彼らは淡《あわ》く発光する性質があるのだ。夜間や、暗い森などでは、それが非常に目立つ。目立つだけならいい。フェアリーは高速で飛行できるし、小さい。目立つ程度なら大したデメリットにはならない。

なにより問題なのは、フェアリー自身が自分の性質を忘れる点にある。

頭隠《かく》して尻《しり》隠さず。

フェアリーは自分が発光していることに気付かず暗がりに隠れ、あっさり見つかって捕まる。

幸いにして、フェアリーはまず殺されたりすることがない。フェアリーは薬になるというのもあるが、フェアリーを殺すと地獄《じごく》に落ちるだの、災いがあるだのという迷信を抱《いだ》いている者も多い。

ともあれ、バッシュは、ゼルの偵察にはさほど期待していなかった。

無事に戻ってくるなら問題なし。さすがのゼルでも、相手がバグベアだけなら捕まることはないだろうし、人なら殺されない。捕まっているなら、戦争中にやっていた通り、バッシュがゼルの匂《にお》いを辿《たど》ればいいだけだ。

そして案の定、戻ってこなかった。

「どうやら捕まったようだな」

バッシュたちはゼルの匂いを追いかけ、ある場所まで移動していた。

眼の前に見えるのは洞窟《どうくつ》だ。入り口は蔦《つた》などによって巧妙《こうみょう》に隠されていた。あそこに洞窟がある、と言われなければ、ヒューストンたちは気付かなかっただろう。

「人間の仕業《しわざ》だな。バグベアを操《あやつ》っている者がいるようだ」

「ビーストテイマー、ですか？」

デーモンの秘術には、魔獣《まじゅう》や魔物を操るものがある。当初は七種族連合だけが使っていたその秘術だが、長い戦争で解析《かいせき》され、やがてどの国も使うようになった。

ヒューマンの賢者《けんじゃ》が巨大《きょだい》なドラゴンを操っていたのは、あまりに有名な話だ。

戦争が終わり、各国の軍隊が縮小され、軍人だった者の多くは職を失った。

かつてビーストテイマーだった者が盗賊《とうぞく》に身をやつしていても、おかしくはない。

「なら、すぐに突入しましょう！　フェアリーを救い出し、そのビーストテイマー共々、バグベアを皆殺《みなごろ》しにするんです。ですよね、ヒューストン様！」

ジュディスはそう主張した。捕まっているなら助け出す。当然の意見であった。

「いや……夜まで待った方がいい」

しかしヒューストンは、その意見に待ったを掛《か》けた。

「内部構造もわからない、敵の人数もわからないじゃ、全滅《ぜんめつ》しかねん。せめて夜襲《やしゅう》を掛ける」

「そんな……」

場所は洞窟。敵の本拠地《ほんきょち》かもしれない場所だ。本来なら、一度町に戻り、増援《ぞうえん》を呼んでくるのがセオリーだ。町にいる兵士を二十から三十ほど連れてきて洞窟を包囲し、突入などせず、煙《けむり》などで燻《いぶ》り出す。

普段《ふだん》のヒューストンなら、まず間違《まちが》いなくそうするだろう。

しかし、今は味方が捕まっている。

犯人が捕虜《ほりょ》に対しどういった扱《あつか》いをするかはわからない。

ここまで慎重《しんちょう》にやってきたのだから、自分たちの存在を知られた時点で、まず殺すことを考えるだろう。

しかしすぐには殺されないはずだ。

ゼルは妖精《ようせい》だし、単独だ。口が滑《すべ》らない限り、仲間がいるとすぐにはわからないはずだ。

ゼルも戦争を戦い抜いた歴戦の戦士だ。重要な情報は漏《も》らさないだろう。

となれば、捕まえたら瓶詰《びんづ》めにして、薬箱として利用する、というのが妥当《だとう》だ。

もちろん、ヒューストンならそうしない。フェアリーが迷い込んできたのを、何かの予兆として考える。即座《そくざ》にゼルを殺し、この洞窟から撤収《てっしゅう》するだろう。

奴《やつ》らは今のところ、うまくやっている。うまくやっている時に、ほんのちょっとしたつまずきを重要視し、即座に全《すべ》てを捨てて逃《に》げ出す判断を下すのは、中々難しい。そう考えれば、フェアリーは無事だろう。

ただ、楽観視ばかりしているわけにはいかない。

もしゼルのあの、ペラペラで軽い口が滑ったら……。

オレっちの仲間がすぐに助けにきてくれるっす！　クラッセルの警備っす！　お前らなんかすぐに捕まって断頭台行きっす！

なんて言い出したら、話は別だ。

彼らはその発言を、最初は鼻で笑うだろう。所詮《しょせん》はフェアリーの戯言《たわごと》だとか、よく喋《しゃべ》る薬箱だとか、そんなふうにせせら笑うだろう。

でもそれは、明日《あした》の夜明けまでだ。

人は一晩寝《ね》ると、不思議と頭が整理され、正解を導き出す。翌朝になれば、ゼルの命は亡《な》くなり、連中はこつ然と消える。今までクラッセルの者に気付かれぬよう、慎重に襲撃《しゅうげき》を行ってきた者だ。そうするだろう。

正直なことを言うと、ヒューストンはそれでもいい。街道《かいどう》の事件がなくなれば、クラッセルの平和は守れる。

しかし、今は部下の前だ。

ゼルは部下ではないが、部下の前で堂々と仲間を見捨てる判断をするのは、今後のことを考えると、あまりよくない。

バッシュの前でもある。この偉大《いだい》なるオークの旧友を見殺しにする勇気は、ヒューストンには存在しない。

なので今いる戦力で救出作戦を行う。

今いる部下を無駄《むだ》に消耗《しょうもう》するのは、もっとよくないから、作戦の成功確率を上げるため、夜襲を行う。

もし、ゼルが口を滑らせていたなら、奴らは緊張《きんちょう》しているはずだ。

すぐに敵襲が来るかもと身構えているはずだ。だが、緊張は長くは続かない。多少待つことで、相手を油断させ、眠《ねむ》ったところを襲《おそ》う。ゼルがまだ生きているのなら、それで生存確率も上がるはずだ。

「バッシュ殿《どの》、それでよろしいでしょうか？」

ヒューストンは一応、バッシュにも伺《うかが》いを立てておくことにした。

彼なら、一人で突入し、一人で中の敵を全滅させることも可能だろう。

場合によっては、ヒューストンたちが突入する必要すらない。

なら、さっさと突入すればいいじゃないかと思うところだが、ヒューストンは慎重な男だった。

不確定要素に頼《たよ》るのは憚《はばか》られた。

もちろん、バッシュがヒューストンの案に反対し、突入するというのなら、それに従うつもりだった。

「……構わん」

しかしバッシュは少々の沈黙《ちんもく》の後、そう答えた。

その返答に、ジュディスが不満な声を上げる。

「くっ……お前まで待つというのか？　お前の仲間が捕まっているんだぞ！　オークは不利な状況《じょうきょう》でも勇敢《ゆうかん》に戦う戦士ではなかったのか!?」

「オークはどんな状況でも命令に従い、勇敢に戦う。指揮官がそうすると決めたのなら、俺は従うだけだ」

オークが考え足らずな突撃《とつげき》を繰《く》り返していたのは、戦争の最初期だけである。待ち伏《ぶ》せや奇襲《きしゅう》、部隊の分断に各個撃破、指揮官の狙《ねら》い撃《う》ちに始まり、食料庫の焼き討《う》ちや水攻《みずぜ》めまで行う。

全て、指揮官の指示に従っての行動だ。

皮肉なことに、それを百年かけてオークに教示したのは、ヒューマンである。

ヒューマンほど高度で緻密《ちみつ》な動きはできないが、それでもオークは考えて行動するのだ。

でなければ、小隊長《チーフ》や中隊長《ウォーチーフ》、大隊長《グレイトチーフ》といった階級は生まれない。

その上、オークにも『他《ほか》の氏族の村に滞在《たいざい》する時は、氏族長の言葉に従え』という掟《おきて》がある。

つまり、バッシュはバッシュで、ヒューストンを指揮官だと考えて行動するつもりだったのだ。

「それに、ゼルなら大丈夫《だいじょうぶ》だ」

「だから何を根拠《こんきょ》にそう言っているのだ……ええい、話にならん！　ヒューストン様。ご命令を。ジュディス以下五名、洞窟内に突入し、中にいる者共を皆殺しにしてみせます」

バッシュとジュディス、二人からの視線を受け、ヒューストンは顎《あご》に手をやった。

「ふむ……ジュディスの言う通り、ゼル殿の命は心配です。フェアリーは殺されない、とはよく言われますが、絶対ではありません。何か根拠はあるんですか？」

「ここで死ぬようなら、ゼルは戦争中に死んでいる」

その短い言葉の意味を、ヒューストンは吟味《ぎんみ》する。フェアリーでも殺される時は殺される。

だが、ゼルは戦争中に凄《すさ》まじい回数捕《つか》まり、そして生き延びたフェアリーだ。

ぶっちゃけ、運がいいだけにも思える。

が……ヒューストンはそうは思わなかった。

ゼルが捕まった回数は、ヒューストンが知る限りでも、かなりの数に上る。

知らない分を考えれば、相当な数だろう。並のフェアリーであれば、百回以上は死んでいるほどに。それで生き延びたのだ。ただ運がいいだけではあるまい。

「なるほど……そうでしたね。『疑似餌のゼル』。そのお手並み、拝見はできませんが、期待しましょう」

ゼルの名前はそれなりに有名である。

二つ名が付くのはそれだけ戦争で活躍《かつやく》したからだとも言える。その内実がどうであれ。

「よし、全員待機だ。音無しの魔法の効果《こうか》範囲《はんい》内《ない》から洞窟を見張り、奴らが寝静《ねしず》まった頃《ころ》に強襲する」

ここは待つ。ヒューストンはそう決定した。

ジュディスはまだ、納得《なっとく》がいかない。

「そんな！　待ってください、ヒューストン様！」

「なんだ？」

「味方が捕まっているかもしれないんですよ!?」

「そうだ。だから万全《ばんぜん》を期したいが、町に戻《もど》っている時間はない。だから、この人数で夜襲を掛ける」

「今すぐ突入すべきです」

「ダメだ。危険すぎる。待機だ」

ヒューストンが強い口調で言うと、ジュディスはグッとだまり、引き下がった。

しかし、未《いま》だ不満そうな顔をしている。

自分ではなくバッシュの言葉に重きを置いていること、このままだと自分の手柄《てがら》ではなくヒューストンの手柄になってしまうこと。そのあたりに不満があるのだろうと、ヒューストンは考えた。

（初めて任された任務だから、仕方がない）

そうは思うものの、今の指揮権は自分にある。

自分が同行すると宣言した時点で、すでにジュディスだけの任務ではないのだ。

中途半端《ちゅうとはんぱ》なところで指揮権を取り上げる形にはなってしまったが、自分が指揮を執《と》るからには、部下を全員生きて帰し、事件も解決する。

ヒューストンはそのつもりでいた。

「よし、じゃあ一人が見張りをしつつ、残りは睡眠《すいみん》を取る……バッシュ殿、それでよろしいですね」

「指揮官の命令には従おう」

バッシュはそう言うと、すぐ近くの木に背中を預け、目を閉じた。

「よし、じゃあジェット。お前らが見張りだ。何かあったらすぐ起こせ」

一人を見張りに立たせる。

奴らが眠りにつくであろう時間まで、あと五時間ほどだろうか。

そうしたら、見張りを眠りにつかせ、別の一人を入り口に残して見張らせる。この二人が後詰《ごづ》めだ。残りで突入。

二人残すのは、深夜になって敵の増援が来た時や、万が一、ヒューストンたちが全滅した時に、町に戻って副団長にことの次第《しだい》を伝える役目の者が必要だからだ。

本来なら、その役目はヒューストン自身が負うのが定石だ。

現場指揮官はジュディスがいる。最高責任者であるヒューストンは、安全を取らなければならない……が、バッシュの手前、自分が突入班に参加せず、安全な場所にいることは、選べなかった。

「……」

しかし、ヒューストンは忘れていた。

兵士たちはともかく、ジュディスはまだ騎士《きし》になって一年の新米であることを。

平和な時代で騎士になり、平和な時代の騎士の仕事しかしてこなかった者であることを。

そして気付けなかった。

部下たちが、そんな新米騎士をうまく盛り立ててやろうと思っていたことに。

オークの言葉に重きを置き、慎重《しんちょう》に慎重を期すヒューストンに、不満を持っていたことに……。

◆

一方その頃、ゼルは必死に命乞《いのちご》いをしていた。

「もうホント、通りかかっただけなんっすよ！　フェアリー一人、着の身着のまま気ままな旅をしてたら、なんか良さげな洞窟《どうくつ》あるなー、ちょっとこの洞窟をオレっちの大冒険譚《ぼうけんたん》の一節に加えてやろっかなって。まさか貴方様《あなた》方の住処《すみか》だったとは露知《つゆし》らず、お邪魔《じゃま》してしまったことは心の底から謝るっす。だからホント、殺すのだけは……あ、なんだったらオレっちも仲間に入れてほしいっす。ほら、オレっちフェアリーっすから、粉とか出せるっすよ。粉とか！　皆《みな》好きでしょ？　フェアリーの粉！」

洞窟の中に入り、当然のように捕まったゼルは、むくつけき盗賊《とうぞく》たちに囲まれながら、そんなことを言い続けていた。

盗賊たちは困惑顔《こんわくがお》であった。

洞窟の中に不気味な発光体があるからと思って捕まえてみたら、かれこれ一時間も命乞いを続けているのだから。

簀《す》巻《ま》きのまま芋虫《いもむし》のように這《は》いずって、足の甲《こう》にキスまでしてくるその姿に、命乞いを聞き慣れた盗賊たちも、憐《あわ》れみを感じざるを得なかった。

一般《いっぱん》的には知られていないが、このゼルというフェアリー、バッシュに出会う前は『命乞いのゼル』として名をはせていた。

捕まえたフェアリーを食べてしまうことで有名な『妖精喰《ようせいぐ》いのゴードン』からも五体満足で生き残った猛者《もさ》である。

その命乞いは見る者すべてに憐れみを誘《さそ》う。

ゼルが戦争で生き残ることができた技《わざ》の一つである。

「まぁ、わざわざフェアリーを殺すことはねえよな」

「粉もあるし」

「殺しちまったら呪《のろ》われっかもしれねえし」

盗賊はそんなことを言いつつ、顔を見合わせた。

毛むくじゃらの男たちは、全員がヒューマンであった。

ヒューマンには古来より、フェアリーを殺すと末代まで続く呪《のろ》いを掛《か》けられる、という言い伝えがあった。

万病に効く粉を出すことも考えると、殺す理由は皆無《かいむ》であった。

「だから、ほら、こんな縄《なわ》は解いて、皆でオレっちの粉を浴びましょ？　幸せの粉で皆ハッピーな気分になれるっすよ！」

「馬鹿《ばか》か。解くわけねえだろ」

しかしゼルの簀巻きを解くことはない。

フェアリーは刹那《せつな》的な生物だ。簀巻きを解いた瞬間《しゅんかん》、逃《に》げるのはわかっていた。

檻《おり》や瓶《びん》にいれて飼う。それがフェアリーの一般的な扱《あつか》い方だった。

「いやホント、ホント、縄に縛《しば》られてないほうが出るんっすよ！　マジでめっちゃ出るんすよ！　オレっち、これでも故郷では『粉吹き《こなふ》』の異名をほしいままにした過去があってっすね」

ゼルもそのことはわかっている。

だからこそ、必要以上に拘束《こうそく》されないよう、必死に擦《す》り寄ろうとしていた。まぁ、大抵《たいてい》は無理なのであるが。

「おい、どうした」

そんな盗賊たちの奥から、ひときわ野太い声が響《ひび》いた。

盗賊たちが一斉《いっせい》に振《ふ》り返る。

「かしらぁ！」

盗賊たちの嬉《うれ》しそうな声。

盗賊の数名が道を譲《ゆず》ると、カシラと呼ばれた男の姿が、ゼルの視界に入ってきた。

盗賊のカシラと呼ばれる男。どんなむくつけき男かと思えば、確かにむくつけき男だった。

太い腕《うで》、でかい口、鋭《するど》い瞳《ひとみ》。

粗末《そまつ》な革《かわ》の服を身に着け、オシャレさの欠片《かけら》もないドクロのネックレスを着けている。

そして何より特徴《とくちょう》的であったのは、その肌《はだ》の色だ。

緑。ついでに言えば、口からは立派な牙《きば》が二本、しっかりと生えていた。

カシラはオークであった。

「あ……あー！」

ゼルはそのオークを見た時、記憶《きおく》の片隅《かたすみ》にチラッとだけ見覚えがあるのを認識《にんしき》した。

チラッと。なので、名前は思い出せない。でも、覚えがあるということは、戦争で会ったことがあるということだ。

「大将！　大将じゃないっすか！　お久しぶりっす！　オレっちっす！　ゼルっす！　フェアリーのゼル！」

余談ではあるが、ゼルは人の名前を覚えるのも、顔を覚えるのもニガテだ。

オークで完全に識別できているのはバッシュだけで、それ以外は曖昧《あいまい》な覚え方をしている。もちろん、目の前のオークの名前など覚えていない。ちなみに呼び方は大抵が「大将」か「兄貴」であった。

「なんだぁ？　バッシュの腰巾着《こしぎんちゃく》じゃねえか。こんなところで何してやがんだ？」

そして、ゼルの方はというと有名だ。

特にオークの間では、かの英雄《えいゆう》であるバッシュと共に戦場を駆《か》け抜《ぬ》けたフェアリーとして、知らぬ者がいないほど。

「いやもう、聞いてくださいよ大将！　オレっち、戦争が終わった後に、ちょいと世界を見て回ろうと旅をしてたんすよ。そんで、おっ、中々いい洞窟があるな。こいつはお宝の臭《にお》いがするぜと入り込んでみたら、臭いの元は風呂《ふろ》に入ってない盗賊だったってオチっすよ！　大将、助けてくださいよぉ」

ミノムシ状態でぴょんぴょんと飛び跳《は》ねながらすり寄ってくるゼル。

無様な姿ではあるが、カシラと呼ばれたオークからすると、戦友でもある。

このミノムシに、そして英雄であるバッシュに、何度助けられたかわからない。

「わかったわかった……解いてやれ、知り合いだ」

「いいんですかい？　フェアリーったらおしゃべりで有名っすよ？　俺らの存在が知れ渡《わた》っちまうんじゃ……」

しぶる盗賊たちを見て、オークはその醜悪《しゅうあく》な顔を歪《ゆが》めた。

その顔をゼルへと近づけると、ドスの利《き》いた声でささやきかける。

「おい、ここに俺たちがいたことは秘密だ。誰《だれ》にもしゃべるんじゃねえ、いいな？」

「もちろんっすよ！　オレっちが今までに秘密を漏《も》らしたことがあったっすか⁉　この堅《かた》い口が割れたことがあったっすか⁉　いやない！　あればバッシュの旦那《だんな》は戦争で死んで、オークの国に像が立っていたはず！」

実際のところ、ゼルは秘密を漏らしたことはない。

秘密じゃないことはよく漏らすが、どれが秘密でどれが秘密じゃないのかはゼルの独自基準によるものなのである。

だから秘密を漏らしたことはないのだ。

「よし、解いてやれ」

「……うっす」

盗賊たちはカシラの言葉に、やや思うところはありそうだったが、ゼルの縄を解いた。

ゼルは縄がほどかれた瞬間中空に飛び立ち、外に向かって一直線……にはいかず、カシラの前にふよふよと飛んできた。

「いやー助かったっす。さすが大将！　あそこがでかけりゃ器《うつわ》もでかい！　でも大将、なんでこんなところでヒューマン引き連れてカシラなんかやってんすか？」

彼の任務は情報収集。

いかに自由奔放《ほんぽう》なフェアリーといえども、己《おのれ》の仕事を忘れてはいないのだ。

「ヘッ、なんてこたぁねえ、ネメシスの野郎《やろう》が、ヒューマンと和平なんて言いやがるからよ、オークから戦いを取ったら何が残るってんだ！　そんなもん納得《なっとく》できっか！　と飛び出してきたら、偶然《ぐうぜん》にもこいつらに出会って、意気投合したってわけよ」

オークが周囲を見ると、盗賊たちはヘッと笑った。

「俺はヒューマンなんか、こいつらはオークなんかって思ってたが、違《ちが》う種族でも似たような思いを持ってるヤツがいるってこった」

「へー！　じゃあここにいるのは、戦いを求める戦闘《せんとう》集団なんっすね！　目につくやつは皆殺《みなごろ》しっすか⁉　デストロイヤー軍団っすか⁉」

「そうだ！……と言いてえところだが、そううまくはいかねえ。今はオークにもヒューマンにも見つからねえように、じっくりと力を蓄《たくわ》えているところよ。そうして十分に戦力が整ったら、俺たちの本格的な活動の始まりってぇわけだ！」

「おお～！　さっすが大将っすー！」

ゼルは大げさに驚《おどろ》いたフリをしつつ、「聞くことも聞いたし、そろそろ帰るっすかね」と内心で思いながら、ふよふよと周囲を漂《ただよ》う。

と、そこで暗がりの中に数匹《ひき》、ギラギラと目を光らせる生物がいることに気付いた。

「ちょ！　ななな、なんかいるっすよ！」

「なんかじゃねえよ。忘れたのか？　俺はビーストテイマーだぜ？」

その言葉に、ゼルはデーモンの秘術について思い出した。

魔法とも少し違う、不思議な術。メイジでなくとも使える、暗黒の力。意識を混濁《こんだく》させたり、他者を自由に操《あやつ》る術。そう、例えば……知能の低い魔物を操る、とか。

「バグベアを操ってるっすか！」

ここで、ゼルの小さな脳みその引き出しから、目の前のオークの正体が転がり出てきた。

このオークの名はボグズ。終戦時に生き残った八人の大隊長《グレイトチーフ》の一人。

ビーストマスターのボグズ。彼の操る百のバグベアは、何千というヒューマンを血祭りにあげた。

無論、彼はバグベアを操るだけではない。オークはおしなべて戦士としての素質を備えている。彼自身、鋼鉄製のメイスを振り回し、何百という敵を肉塊《にくかい》に変えてきた。

四十年以上も戦場に居座り続けた、歴戦の戦士の一人だ。

「まぁ、俺の子飼いのバグベアも、ずいぶんと減っちまったがな……」

ボグズはそう言って、洞窟の隅《すみ》でくつろいでいるバグベアに慈《いつく》しむような視線を送った。

戦争中、ボグズの元には百を超《こ》えるバグベアがいた。

オークで最も多くのバグベアを操れる男だった。

だが、戦争の末期には、彼のバグベアは壊滅《かいめつ》的な打撃《だげき》を受け、その数を一桁《ひとけた》にまで減らしてしまった。

現在、この洞窟《どうくつ》には十数匹のバグベアの姿が見える。

歴戦とわかる、筋骨隆々《きんこつりゅうりゅう》とした個体……は、数匹だけだ。

それ以外は、テイムしてから、大した年数が経《た》っていないのだろう。歴戦の個体に比べ、ひ弱な体軀《たいく》であることが見て取れた。ボグズのバグベアと言えば、オーガを凌駕《りょうが》する膂力《りょりょく》と、リザードマン並みの俊敏《しゅんびん》さを兼《か》ね備えた、オークの切り札とも言える存在だったというのに。

「まぁ、それも今だけだ……順調に数も増やしている。そしたら、いずれコイツらにもテイムの仕方を教えて、最強の軍団を作り上げる」

見れば、バグベアたちの群れの中に、まだ小さい、ゼルと同程度の大きさしかない個体もいた。

バグベアの幼体だ。バグベアは約半年で幼体から成体へと成長する。

幼体は、まず見ることができないものである。

「その暁《あかつき》には、俺様がオークキングとして、世界を相手に大暴れしてやる」

大きな野望を語るボグズに、ヒューマンの盗賊《とうぞく》たちは拍手《はくしゅ》を送った。いよっ、大将、なんて声も聞こえる。

もっともゼルの見立てでは、盗賊たちにそれほどやる気はなさそうだ。

彼らは、ズルして楽してその日暮らしができればいいと思っていそうだった。

「ガルルル……」

と、そこでバグベアが唸《うな》り声を上げた。

それを聞き、ボグズ以下数名の盗賊たちが、武器を手に立ち上がった。

「なんすか⁉」

「侵入者《しんにゅうしゃ》だ！　お前ら行くぞ！」

ボグズはそう叫《さけ》ぶと、鋼鉄のメイスを手に、どこかへと走っていった。

バグベアと盗賊たちもそれに続く。戦争を体験した者たちだけあって、その行動は素早《すばや》かった。

ややあって、洞窟内の明かりがフッと消された。

ゼルの放つ、薄《うす》ぼんやりとした光だけが、空間を照らしている。

完全に置いてけぼりとなったが、逃《に》げるチャンスであった。

とはいえ、ゼルも侵入者という言葉が気に掛《か》かった。

バッシュが突入《とつにゅう》を敢行《かんこう》したにしては、どうにも様子がおかしかった。

「くそっ！　どこからだ！」

「おい女がいるぜ女が！　ヒャッハー！」

「誰か明かりを……ギャアアアァァ！」

「誰がやられた！　おい！」

「わかりません、こうも暗くては！　ぐあっ！」

「だから明かりを！」

しばらくして聞こえてくる戦いの音。剣戟《けんげき》の音が聞こえてくることはなく、ただ鈍《にぶ》い音と、叫び声だけが響《ひび》いている。

誰かが戦っている。しかし、そこにバッシュはいない。バッシュがいるなら、もっとド派手な破《は》壊《かい》音が聞こえてくるはずだ。

そのことをなんとなく察したゼルは、ひとまずその場に残ることにした。

戦争中にもこうしたことはあった。

その場合、すぐに脱出《だっしゅつ》するより、自分が残った方がマシな流れになったことが多かった。

「よし」

ゼルはビュンと飛んだ。

何はともあれ偵察《ていさつ》は大事だ。夜目は利かないが、何か情報を得ることはできるだろう。

そう思っての行動だったが、すでに戦いは終わり、現場には明かりが灯《とも》されていた。

松明《たいまつ》の薄暗《うすぐら》い明かりの下《もと》、照らされているのは傷だらけの兵士たちだ。真ん中には、頭から血を流しつつも、両手を縛《しば》られて転がされているジュディスの姿があった。

「……なんすかこれ」

「おう、ゼルか……見ての通りよ。地元の騎士《きし》が、俺たちを討伐《とうばつ》しにきたって感じだな」

「あ、へー」

ジュディスがゼルを見る。

ゼルは「やばい」と身を隠《かく》そうとする。彼女の口から自分が偵察役だということがバラされる可能性を考慮《こうりよ》したのだ。

だが、ジュディスは驚いた表情を一瞬《いつしゆん》浮かべるも、すぐに憎々《にくにく》しげな視線をゼルへと送った。

表情の変化の意味はゼルにはイマイチわからなかった。

だが、彼女はバッシュが目をつけている雌《めす》だ。何にせよ、殺させるわけにはいかない。

「こりゃいい。フェアリーに続いてこんな上玉が転がり込んでくるたぁ、ツイてるなオイ」

「ゲヘへ、カシラ、女は俺がもらっちまってもいいか？」

「馬鹿《ばか》、皆《みな》で使うに決まってんだろ、兄弟」

「独《ひと》り占《じ》めはなしだぜ」

「よーし、女は牢屋《ろうや》にいれとけ、男は殺して外にでも捨てとけ」

ジュディスの顔からさっと血の気が引いた。

「くっ……こ、ころ、殺せ……」

そう口にはするが、あからさまな怯《おび》えが表情を支配していた。瞳《ひとみ》が揺《ゆ》れて、顎《あご》のあたりからカチカチという音が聞こえてきた。喉《のど》の奥からヒッ、ヒッという音が漏《も》れ出し、今にも泣き叫びそうであった。

（おっと、これはいいっすね）

ゼルは、これを絶好の機会だと思った。

絶体絶命の女騎士。これを上手に助けることができれば、バッシュの株は爆上がりだ。もはや女騎士のハートを射止めたと言っても過言ではないだろう。

「ちょちょちょ、今殺したらダメっすよ。せっかく今まで見つからずにやってこれたのに！　死体が見つかったら、騎士の奴《やつ》らが大挙して押し寄せてくるっすよ！」

なんだこいつ、そんな言葉が聞こえてきそうな視線が、ゼルを舐《な》めた。

だが、ゼルはその程度ではひるまない。なぜならフェアリーは空気が読めないからだ。

「そうだ！　こいつら、明日の朝、外で処刑《しょけい》しましょうよ！　そんで、バグベアがやったと見せかけるんすよ！　森のちょっと開けたところで、血がブシャーッて感じで！　バグベアの死体も何個か用意して、一生懸命《いっしょうけんめい》戦ったけど負けちゃいましたーって感じにするんすよ！　ヒューマンとか言ってもアホだから、絶対騙《だま》されるっすよ！　こんなうまい商売、ここで終わらせていいんすか？　いいや、いいわけがない！　腕《うで》が立つ上頭もキレるあなた方が、それをわからぬわけがない！　それに、ここって薄暗いじゃないっすか。やっぱ、明るい場所でこいつらの『こんなはずじゃ〜』って顔を見ながら殺したいじゃないっすか。そんな顔を見ながら殺したら、絶対気持ちいいっすよ⁉」

矢の雨のように放たれるゼルの言葉に、盗賊たちは「それもそうかも？」と気分を変えていった。

まぁ殺すのはいつでもできるし？

俺らにかかればこんなの余裕《よゆう》だし？

ゼルの言葉には、そう思わせるだけの魔力《まりょく》が秘《ひ》められていた。ある地域でついているゼルの異名、それは『おだて上手のゼル』だ。このフェアリーにおだてられて、その気にならない奴なんていないのだ。

「それもそうだな。よし、お前ら、全員牢屋にいれとけ……へへ、女騎士さんよ。部下の前で天国に連れて行ってやるぜ」

最後に、ボグズがそう決定した。

女騎士の髪《かみ》を摑《つか》み、ずりずりと引きずりながら洞窟の奥へと連れて行く。

ジュディスは絶望と同時に、裏切り者に向けるような目をゼルに向けていた。

（旦那《だんな》、お膳立《ぜんだ》てはできましたっすよ。これでダメなら何やってもダメだろうってぐらいのシチュエーションっす。後はタイミングよく現れて、助けるだけっすから！）

もっとも、ゼルはそんな目は見てはいなかったが。

◇

バッシュが目覚めた時、そこには頭を抱《かか》えるヒューストンの姿があった。

「マジかよおい……えー……嘘《うそ》だろ……」

そして、ジュディスや、他数名の姿はなかった。

「……他《ほか》の連中はどうした？」

バッシュが聞くと、ヒューストンはばつが悪そうに振《ふ》り返った。

「お恥《は》ずかしい話ですが、どうやら我々に眠《ねむ》りの魔法を掛け、先に突入したようです……」

眠りの魔法。

相手を小一時間ほど、深い眠りにつかせる魔法だ。

「突入の号令は出したのか？」

「いいえ、出していません。命令違反《いはん》です」

「…………ヒューマンは命令に背《そむ》くのか？」

「気に入らない命令なら」

バッシュにとってカルチャーショックであった。

オーク社会において、命令に背くようなヤツは、即座《そくざ》に殺されるか、国から追放される。

それぐらい、オークにとって命令というのは神聖で、絶対のものだ。

「ヒューマンはそういう時、どうするんだ？」

「基本は説教と減俸《げんぽう》……場合によっては謹慎《きんしん》や、騎士の身分の剝奪《はくだつ》といったところでしょうね」

「さほど重罪ではないのだな」

「今は平和な時代ですから……それに、ヒューマンは指揮官に無能が多いもので。無能に従って死ぬのも馬鹿らしい話という論調も強く……いやはや、お恥ずかしい限りです……私も人のことは言えませんが……」

「ふん」

ヒューストンが無能かどうかなど、バッシュにとってどうでもよかった。

ヒューマンにとって命令違反がそれほど重罪でないというのも、少し驚《おどろ》いたがどうでもいい。

今大事なのは、先程《さきほど》から洞窟《どうくつ》の中から漂《ただよ》ってきている、血の匂《にお》いだ。

突入したジュディスが、自分がまさに嫁《よめ》にしようと狙《ねら》っている極上《ごくじょう》の雌が、危険に曝《さら》されているかもしれないのだ。

「それで、どうする？」

「我々に眠りの魔法を掛け、それが解けてなお戻《もど》って来ていないということは、すでに全《ぜん》滅《めっ》した可能性もあります。一度町に戻り、討伐隊を組織するのが定石……」

「そんな悠長《ゆうちょう》なことを言っている場合か？」

バッシュはヒューストンを睨《にら》みつけた。

目をつけていた雌がピンチかもしれないのに、ここで引き下がるわけにはいかなかった。

「今の指揮官はお前だ。俺は命令に従おう」

オークは指揮官の言葉に従う。

だが、指揮官に意見を言うことはできる。あまり褒《ほ》められた行為《こうい》ではないとされているが、それでもバッシュは言った。

「だが、オークは腰抜《こしぬ》けではない。どんな命令にでも従い、勇敢《ゆうかん》に戦おう」

ヒューストンは改めてバッシュを見た。

グリーンの肌《はだ》、二本の牙《きば》、引き締《し》まった筋肉。何の変哲《へんてつ》もない小柄《こがら》なオーク。だが、決して見間違《みまちが》えることも、見忘れることもない男。戦争中、ヒューストンが逃げ続けた男。

いつものヒューストンなら、ジュディスのことなど一瞬で見捨てただろう。

自業自得《じごう》だと。命令違反をしたツケだと。そんなアホのために、危険は冒《おか》せないと。

周囲から腰抜けと呼ばれても、どこ吹《ふ》く風で聞き流しただろう。

だが、目の前にいるのは、バッシュだ。ヒューストンが誰《だれ》よりも恐《おそ》れ、誰よりも認めた男だ。

ヒューストンは、戦争中の自分の行動に誇《ほこ》りを持っていた。彼から逃げたのは、決して腰抜けだからじゃない。勝つための行動だった。実際、それでヒューストンは生き残り、オークは戦争に敗北した。そのオークの英雄《えいゆう》に、腰抜けだから逃げ続けたと、それが運よく作用したと、そう思われたくはない。

「……わかりました。今から洞窟内に突入《とつにゅう》、捕虜《ほりょ》を救出し、賊《ぞく》を皆殺《みなごろ》しにします」

「了解《りょうかい》した」

『オーク英雄《ヒーロー》』が長い牙を見せて、笑った。

7．ジュディス

私には姉がいた。

自慢《じまん》の姉だった。

年齢《ねんれい》は十歳ほど離《はな》れていて、私が物心ついた時には、すでに姉は成績優秀《ゆうしゅう》で品行方正、人々の模範《もはん》となるような人物として、家族の期待を一身に背負っていた。

私は、そんな姉に憧《あこが》れて育った。

姉は、年の離れた妹である私に、とても優《やさ》しくしてくれた。

学校では怖《こわ》がられているらしく、私に姉しゃま姉しゃまと懐《なつ》かれるのが、とても嬉《うれ》しかったらしい。

私は姉に髪を結んでもらうのが好きだった。何でもできる姉だが、少しだけ不器用で、私の髪はいつも右か左のどちらかに寄った。でも、私はそのちょっとだけ寄っているのが、とても好きだった。それが、姉に髪を結んでもらったという証明だったから。

姉は学校を卒業した後、騎士《きし》になった。

私の家は代々騎士の家系だったし、姉もずっとそのつもりでいた。国としても、当時は戦争の真《ま》っ只中《ただなか》で、人手がほしかった。

姉は優秀で、騎士になった後も、トントン拍子《びょうし》で出世していき、ほんの数年で、中隊を一つ任せられるようになった。

姉は年に一度、実家に戻ってきて、戦果の報告をしてくれた。

デーモン王を倒《たお》し、大きな戦局でもいくつか勝利したことで、戦争は四種族同盟にかなり有利に傾《かたむ》いていた。もうすぐ戦争は終わる。終わったら、お前の勉強を見てやろう。お前も騎士になるんだろう？　なら、剣《けん》の稽古《けいこ》もつけてやろうか。ふふ、もしかしたら、私の部下として配属されるかもしれんな。そうなったら、家と同じようにはいかんぞ。厳しくするからな。

姉はそう言って、笑っていた。

そして、その数ヶ月後、姉の部隊は壊滅《かいめつ》、姉はオークの捕虜となった。

その報告を聞いた時、我が家は絶望に包まれた。

父も母も、この世の終わりのような顔をしていた。むしろ、そのまま死んでくれていた方がよかったとまで言った。

当時の私には、わからなかった。なんで親がそんなことを言うのか。

だってお姉ちゃんだよ？　お父さんもお母さんも、お姉ちゃんを誇りに思っていたじゃん。

だから、「死んでいた方がいいわけないじゃん！」と叫《さけ》んで、部屋に引きこもった。

しばらく、親とは口を利《き》かなかった。

それから数年。

戦争が終わった。

ヒューマン率いる四種族同盟は勝利し、オークの所属する七種族連合は敗北した。

オークに囚《とら》われていた捕虜も、全《すべ》て解放された。

姉も、我が家に戻ってきた。

そして私は「女がオークに捕《つか》まる」ということがどういうことか、理解した。

姉は完全に壊《こわ》れていた。

目はうつろで、髪はボサボサ、以前は背筋をピンと立てて歩く人だったのに、まるで何かから隠《かく》れるように、常に猫背《ねこぜ》で歩くようになっていた。

ほとんど喋《しゃべ》らず、男性が近づくと、金切り声を上げて怯《おび》えた。

たとえそれが、実の父であっても。

後に聞いた話になるが、姉はオークの大隊長《グレイトチーフ》の嫁になり、戦争終結までに六人の子供を産んだらしい。

度重《たびかさ》なる妊娠《にんしん》出産に体も心もボロボロで、とてもじゃないが騎士に復帰できる状態ではなかった。

かといって、この状態では嫁にいくこともできない。

姉の未来は、姉の人生は、完全に閉《と》ざされてしまった。

私は、オークが許せなかった。

わかっている。私だって知っている。オークは、そういう種族なのだ。常識が違うだけ。

彼らはそうしないと繁殖《はんしょく》できない。猫が暗くて狭《せま》い場所を好んだり、犬が道端《みちばた》の木に小便したりするようなものなのだ。悪気があってやっていたわけじゃないのだ。

でも、そう理解するのと感情は別だった。

全てのオークを、くびり殺してやりたかった。

だから、騎士になった。

元々騎士になるつもりだったが、それまで以上に努力をした。

戦争が終わって軍の縮小があって、騎士の需要《じゅよう》も減ったせいで、少し時間は掛《か》かったが、それでもなんとか騎士になった。

配属希望は要塞《ようさい》都市クラッセルだ。

最もオークの国に近い町。いざという時に、最も早くオークと戦う町。あの『豚《ぶた》殺しの

ヒューストン』がいる町。

希望は通った。

オークの国の近くに女騎士が行くなんて、という忠告もあったが、無視した。

『豚殺しのヒューストン』は、その名前通りの人物だった。

時折オークの国から流れてくるはぐれオークに対し、容赦《ようしゃ》がなかった。

オークの国をなぜ追い出されたのかを詰問《きつもん》し、答えを聞いた後は、問答無用だった。

奴《やつ》らが何を言おうと関係なく、淡々《たんたん》と処刑《しょけい》した。すでに罪を犯《おか》した者、何もしていない者、全て関係なかった。

曰《いわ》く、「はぐれオークってのは、要するにオークの国で犯罪を起こした奴らだ。ヒューマンの国にきても同じさ。何か起こってからじゃ遅《おそ》いだろ？」ということだ。

その容赦のなさを見て私は、この人について行こうと思った。

戦争が終わり、他種族との交流も盛《さか》んになり、それぞれの種族の常識や習性にも寛容《かんよう》になってきた時代に、あそこまでオークに対して容赦がないのは、理想だと思ったのだ。

この人なら、私の復讐《ふくしゅう》を果たしてくれる。オークを皆殺しにしてくれる。

そう信じていた。

例外があるというのは、聞いていた。

はぐれではないオーク。

つまり、旅人であったり、国で何らかの命令を受けて行動しているオーク。そういった者は、事情は聞けども、釈放《しゃくほう》するつもりだったらしい。

そんな者、ジュディスが赴任《ふにん》してから、一度たりとも現れなかった。だから、忘れていた。

しかし、現れた。

バッシュと名乗ったそのオークは、私の知っているオークと違った。

体格はオークにしては小柄だったが、他《ほか》のオークとは比べ物にならないぐらい、引き締まった体をしていて、そして堂々としていた。

引き締まっていたのは体だけではない、顔もだ。

はぐれオークというのは、どこか舐《な》めた顔をしていた。ジュディスを見ると、必ずといっていいほど、下卑《げび》た顔をして、胸や尻《しり》に視線を走らせるのだ。

私はその視線が死ぬほど嫌《きら》いだった。だが、バッシュは少なくとも、下卑た顔はしていなかった。

胸や尻に視線は走らせていたが……まぁ、それはヒューマンの男もそう変わらないから、それはいい。不快だったが。

問題は、バッシュが現れた時のヒューストンの態度だ。

正直、幻滅《げんめつ》した。

なんだあれは。『豚殺し』はどこにいってしまったんだ。

どうやらバッシュというオークは、オークの国の要人らしい。

それはわかる。だが、そこまでヘコヘコする必要はないだろう。だって、こいつはオークなのに。

その後、行動を共にすることになったが、ヒューストンはバッシュの顔色を窺《うかが》ってばかりだった。

街道《かいどう》の事件を解決することより、あのオークに幻滅されたくないというのが、ありありとわかった。

私の不信感は募《つの》るばかりだった。

だから、命令違反《いはん》をした。感情的なものだった。単なる、子供じみた反発だ。

けど、それだけじゃない。

姉が長いこと捕虜になり、壊れてしまったというのもあった。

戦いに負け、捕虜《ほりょ》になった時点で体を汚《けが》されるのは避《さ》けられなかったとしても、もっと早くに救出されていれば、姉があそこまで壊れることはなかったかもしれない。

だから、捕虜は一刻も早く助け出すべき、と気持ちが焦《あせ》ってしまった。

捕虜になっているのは、縁《えん》もゆかりもないフェアリーだが、それでも。

私の身の上話を知っている兵士たちは、私の考えに同意してくれた。

命令違反をしても、結果良ければ全て良し、減俸《げんぽう》や謹慎《きんしん》は免《まぬか》れないが、まぁ今は平和な時代だし、許してもらえるさ、と。正直、軽く考えていた。

自分たちの行動も、ヒューストンの命令の意味も……そして敵の戦力も。

「ぐへへ……明日《あした》が楽しみだぜ」

そしてその結果、私と兵たちの命は、風前の灯火《ともしび》となっていた。

「ぐう……」

「う……」

私を含《ふく》め、部下たちは地面に転がっている。

全員傷だらけで、骨折している者や、気絶している者もいる。

死者はいないものの、失血がひどく、明日の朝には冷たくなっていそうな者もいる。

戦いが終了《しゅうりょう》した時、全員がまだ生きていたのは、単に運が良かっただけだろう。

洞窟《どうくつ》に突入《とつにゅう》した私たちは、待ち伏《ぶ》せにあった。

最初に明かりを狙《ねら》われた。

暗い洞窟内では敵の正確な数すらわからず、一人、また一人とやられ、あっという間に全滅した。

全滅した私たちの前に立っていたのは、十数人のヒューマンと、十数匹《ひき》のバグベア。

そして、一匹《ぴき》のオークだった。

オーク、オークだ。

それも魔獣《まじゅう》を従えた、ビーストテイマーだ。

私が憎々《にくにく》しげな視線を向けると、奴は下卑た表情で舌なめずりをした。

怖気《おぞけ》が走った。

「こりゃいい。フェアリーに続いてこんな上玉が転がり込んでくるたぁ、ツイてるなオイ」

「ゲヘへ、カシラ、女は俺がもらっちまってもいいか？」

「馬鹿《ばか》、皆《みな》で使うに決まってんだろ、兄弟」

「独《ひと》り占《じ》めはなしだぜ」

「よーし、女は牢屋《ろうや》にいれとけ、男は殺して外にでも捨てとけ」

私はそれを聞いて、自分がこの後、何をされるのか悟《さと》った。

「くっ……こ、ころ、殺せ……」

自分の声が震《ふる》えているのがわかった。

殺せと言いつつ、死にたくないのがわかった。まだ私は、何もやっていない。これじゃ、何のために騎士《きし》になったのかわからない。嫌《いや》だ。やめて。何もしないで。

と、そこで薄暗《うすくら》がりの中から、甲高《かんだか》い声が響《ひび》いてきた。

「ちょちょちょ、今殺したらダメっすよ。せっかくいままで見つからずにやってこれたのに！　死体が見つかったら、騎士の奴らが大挙して押し寄せてくるっすよ！」

暗がりの中、淡《あわ》い光を発しながら飛行する物体が、声を上げていた。

「そうだ！　こいつら、明日の朝、外で処刑しましょうよ！　そんで、バグベアがやったと見せかけるんすよ！　森のちょっと開けたところで、血がブシャーッて感じで！　バグベアの死体も何個か用意して、一生懸命《いっしょうけんめい》戦ったけど負けちゃいましたーって感じにするんすよ！　ヒューマンとか言ってもアホだから、絶対騙《だま》されるっすよ！　こんなうまい商売、ここで終わらせていいんすか？　いいや、いいわけがない！　腕《うで》が立つ上頭もキレるあなた方が、それをわからぬわけがない！　それに、ここって薄暗《うすぐら》いじゃないっすか。やっぱ、明るい場所でこいつらの『こんなはずじゃ～』って顔を見ながら殺したいじゃないっすか。そんな顔を見ながら殺したら、絶対気持ちいいっすよ!?」

ゼルだ。

信じられなかった。

捕《つか》まったと思ったが、違ったのだ。こいつは、最初からこいつらの仲間だったのだ。

きっと、待ち伏せされていたのも、こいつが通報したせいだ。

「それもそうだな。よし、お前ら、全員牢屋にいれとけ……へへ、女騎士さんよ。部下の前で天国に連れて行ってやるぜ」

髪《かみ》を摑《つか》んで頭を持ち上げられ、洞窟の奥へ引きずられながら、オークにそう言われた。

それを聞いて、周囲の盗賊《とうぞく》たちも下卑た笑い声を上げた。

◆

奥の部屋、汚《きたな》い藁《わら》の敷物《しきもの》があるだけの部屋へと連れていかれ、地面へと放《ほう》り捨てられる。

見渡《みわた》すと、オークは一人。

残りは全《すべ》てヒューマンだった。

髭面《ひげづら》で、野卑《やひ》で、まさに賊というにふさわしい出《い》で立ちだが、しかし彼らは、ヒューマンだった。

「貴様ら……ヒューマンのくせに、オークなんぞと徒党を組んでいるのか？」

「オークなんぞ？　おいおい、そりゃ種族差別ってもんだぜ。戦争は終わったんだ。利害が一致《いっち》したんなら、仲良くしなきゃ……なぁ！」

一人がそう言うと、盗賊たちは「ちげぇねぇ」と笑いながら、オークの肩《かた》を叩《たた》いた。

オークもまた、楽しそうに笑い、盗賊たちと肩を叩きあっていた。

私は、自分で思っているより、ずっと呆然《ぼうぜん》としていた。

まさか、オークがヒューマンと組んでいるなどとは、思ってもみなかった。

でも、考えてみれば、不思議なことではない。

まずオークが関与《かんよ》していることだが、デーモンの秘術には、バグベアを操《あやつ》るものがある。

騎士学校の授業でも習った。

そして、オークの何人かは、それを扱《あつか》うことができる。オークの国がすぐ近くにあるのだから、オークが関与していても、なんら不思議ではない。

だが、オークには商隊を襲《おそ》い、見つからない程度の少量の物資を盗《ぬす》むという知恵《ちえ》はない。

オークが商隊を襲う時は、いつだって根こそぎ奪《うば》う。

でもヒューマンが知恵を貸せば話は別だ。

なんでこんな簡単なことに気付かなかったのだろうか。

……わかっている。

オークとヒューマンが組むわけがないと、オークに他種族と組む社交性などないと、そう舐めていたからだ。

誇《ほこ》り高きヒューマンが、オークなんかと組むわけがないと、そう信じていたからだ。

私の浅はかさが、この事態を招いたのだ。

「さてと……それじゃ、誰《だれ》からいく？　やっぱカシラか？」

「ま、なんだ。まずはお前らからやってくれ」

「おいおい、いいのかよカシラ。オークってなぁ、女騎士が大好物なんだろ？」

「下の者をねぎらうのも、オークって奴《やつ》だ」

「なら、上の者を立てるのがヒューマンだ。カシラのバグベアのおかげで、うまいことやれてんだ」

「おいおい、お前ら、こないだ上官なんざクソくらえだっつってたじゃねえか」

「敬える相手は別だぜ、カシラ。俺らぁあんたを信頼《しんらい》してんだ」

「へへ、そういうことなら、今回はお言葉に甘えさせてもらうか」

そんな会話をしつつ、オークは私に手を伸《の》ばしてきた。

今からこいつに犯《おか》される。そう思った瞬間《しゅんかん》、自分の頭から血の気が引いていくのがわかった。

手足が冷たくなり、体が震えるのがわかる。

「い……嫌《いや》だ……やめてくれ……」

「おいおい、そうじゃねえだろ騎士様。こういう時こそ、犯されるぐらいなら死を選ぶって気概《きがい》を見せてくれなきゃあ面白《おもしろ》くねえ。さっきのセリフ、もう一度言ってみろよ」

「やっ……やめ、やめて！」

完全に壊《こわ》された姉の姿を思い出した。

実の父が近づいた時に上げた、姉の金切り声の悲鳴を思い出した。オークの子供を六人も産んだと話した時の、姉のうつろな表情が思い出された。

憤《いきどお》った。オークのせいでこうなったんだと思った。オークを根絶やしにしないといけないと思った。

バッシュの股間《こかん》を見た時も、恥《は》じらいや戸惑《とまど》いなど皆無《かいむ》で、怒《いか》りしか湧《わ》いてこなかった。

つまり、その程度のことしか、考えられていなかった。

浅はかだった。自分がそうなる可能性なんて、まったく考えていなかったのだから。

「近寄らないで！　やだ、やだ、やだぁ！」

「おら、暴れんなって！」

ガチャガチャともどかしそうに鎧《よろい》を外されていくが、手は後ろで縛《しば》られているのでロクに抵抗《ていこう》もできない。

ただ無様に泣きわめきながら、嫌だと叫《さけ》ぶことしかできない。

鎧が外され、体の線のわかるインナーが露《あら》わになり、男たちの視線に熱がこもる。

「もう我慢《がまん》できねぇ」

「いやぁ！」

オークの手が伸び、インナーが乱暴に破かれる。男たちの鼻息が荒《あら》くなり、オークの口から涎《よだれ》が滴《したた》り落ちた。


「……おい、なんか騒《さわ》がしくねえか？」


と、そこで男の一人がそんなことを言い出した。

「なんかって……」

男たちの荒い鼻息が、一瞬だけ止まり、部屋を静寂《せいじゃく》が支配する。するとたしかに、どこからか、何かが争う音が聞こえてきた。

いや、争うというより、一方的に何かを破壊《はかい》しているような音だ。

それとほぼ同時に、転がるように別の男が入ってきた。

「カシラ！　敵襲《てきしゅう》です！」

「なにぃ、まだ仲間がいたってことか！　何人だ！」

「そ、それが、たった二人で」

「……なんだ。じゃあ落ち着いて対処しろ。逃《に》がすなよ」

　たった二人ならどうとでもなる。

　そんなことより、久しぶりの女を味わいたいとばかりに、
　男たちは私の方に視線を戻《もど》してくる。

　しかし、男たちは何かに気付いたかのように、やってきた男の方に振り返った。

　よく見ると、彼の顔は血に濡《ぬ》れて真っ赤で、しかし顔色は驚《おどろ》くほど真っ青だった。

　男は、さらに叫んだ。

「対処もくそもねえんですよ！　ほとんどやられました！　はやく逃げ……」

　次の瞬間、壁《かべ》が爆発《ばくはつ》した。

　その場にいた誰もが、唐突《とうとつ》の轟音《ごうおん》に呆然とし、爆発した方を見た。

　土煙《つちけむり》の中を、ふよふよと淡い光が一つ、飛んでいく。

「さすが旦那《だんな》。ビンゴっす」

　落ち着いた、先程《さきほど》とはまるで違《ちが》うフェアリーの声。

　それと同時に、土煙が晴れていく。

　穴が空いていた。部屋の壁に、大きな穴が。

そして、その穴から、のっそりと、一人の男が部屋へと入ってきた。

それを見て、私は絶望感が増した。

緑色の肌《はだ》、長い牙《きば》。オークだ。また一人、オークが増えてしまった。

身体の震えが強くなる。

自分の身がこれからどうなるのか想像もできず、手足がしびれるように力を失っていく、
目尻《めじり》から涙《なみだ》が溢《あふ》れていく。

もうだめなんだと諦《あきら》めが支配する。

「……」

しかし、新たなオークは周囲を見回し、私のところで視線を止めると、言った。

露わになった肌ではなく、目を見て言った。

この数日、聞き慣れた声で。

「助けに来たぞ」

と。

8．英雄《ヒーロー》VS魔獣大隊長《ビーストマスター》

それは狭苦《せまくる》しい洞窟《どうくつ》だった。

洞窟の高さは三メートル弱、横幅《よこはば》は二メートルといったところか。

オークにとっては狭苦しいが、ヒューマンにとっては余裕《よゆう》がある。恐《おそ》らくこの洞窟は、かつてオークが使っていた前線拠点《きよてん》の一つなのだろう。

歴戦の戦士であるバッシュですら、こんな洞窟があるのを知らなかった。

それを考えるに、恐らく二十年以上も前に放棄《ほうき》されたものだろう。

それを盗賊が見つけ、自分たちの住処《すみか》にした、といったところか。

ジュディスのところには、案外すぐにたどり着いた。

洞窟に入り広間のような場所で、見張りと思《おぼ》しき盗賊を倒《たお》したところで、ゼルが超《ちよう》高速で飛んできて、「旦那！　遅《おそ》いっすよもう！　こっちっす！　はやく、こっちっすよ！　今、まさに今、あの女騎士《きし》がヤラれそうっす！　そこを颯爽《さつそう》と助けるっす！　急がないと間に合わなくなるっす！　ダッシュっすよ！　ダッシュ！　なんならそこの壁とか壊してショートカットっす！」と急《せ》かしたからだ。

ヒューストンは、退路の確保と増援《ぞうえん》の対処をすると言って、広間に留《とど》まった。

バッシュの見立てでは、ヒューストンは十分な訓練を積んだ騎士だ。

仮に増援がきたところで、盗賊《とうぞく》程度にやられることはないだろうと見ていた。

さて、現在、バッシュの眼《め》の前では、ずっと目を付けていた雌《めす》が、上半身を裸《はだか》に剝《む》かれ、肌を露わにしている。

バッシュの息子《むすこ》が「親父《おやじ》、いまですぜ！」と主張をし始めるが、バッシュはひとまずそれを抑《おさ》え込んだ。

きっとここにヒューストンがいたなら、驚いただろう。

オークが裸の女を目の前にして、その獣欲《じゅうよく》を抑え込むとは、と。

いや、抑え込めるからこそ、彼は英雄なのだ、と。

もちろん、その場にいるのはジュディスだけではない。

オークと、六人の盗賊たちも一緒《いっしょ》だ。

「なんだ？　オーク？　カシラの知り合いか？」

「助けにってなんだよ。もう騎士どもの襲撃《しゅうげき》は終わったぜ？」

盗賊たちはバッシュに訝《いぶか》しげな視線を向けつつも、あまり警戒《けいかい》していないようだった。

ただ、唐突に壁を爆砕《ばくさい》して入ってきた侵入者《しんにゅうしゃ》の正体は気になるようで、奥にいたオークの方へと疑問を投げかけた。

「カシラ、誰ですこいつ？」

「な、なん……なん、なんで……」

そのオークはというと、緑色の顔面を真っ青に染めて、ブルーオークへと変化していた。

ガタガタと震《ふる》えてなんでと繰《く》り返すだけのオークに、バッシュも視線を向ける。

見た顔だった。

「ボグズか」

「ヒッ」

ボグズ。

その人物のことは、バッシュも知っていた。

オークの国の戦士、バグベアを操るビーストテイマーの一人。

オークの中で唯一《ゆいいつ》ビーストマスターの称号《しょうごう》を得た者でもある。

ただ、彼はヒューマンとの講和に納得《なっとく》せず、オークキングの命令に背《そむ》き、国から追放された男の一人でもあった。

「ボグズ、オークが他種族の女を無理矢理犯すことは禁じられている」

「い……いや、これは無理矢理じゃねえんだ、この女の合意だって得られていて！」

ている。


「そんなわけがあるか」

ジュディスの顔は涙と鼻水でぐしゃぐしゃで、身を捩《よじ》って必死に体を隠《かく》そうとしている。

これが合意だというのなら、バッシュは森で出会った最初の女で、とっくに童貞《どうてい》を捨てている。

「おいおい、ボグズの旦那の知り合いみてぇだが……その物言い、もしかして敵なのか？」

と、そこで盗賊の一人が腰《こし》の剣《けん》を抜《ぬ》いた。ヘラヘラと笑いながら、見下した視線をバッシュへと送ってくる。

その目は、すでに殺意に満ちていた。

「そうだ」

バッシュは素直《すなお》に答えた。

ごまかすつもりなど、毛頭なかった。

「ハッ、じゃ死ねよ！」

盗賊は素早かった。

唐突に、剣を胸の高さまで持ち上げると、突《つ》きを放った。バッシュの目を狙《ねら》った一撃である。

彼は盗賊であるが、戦争を生き抜いた戦士でもある。せまい場所での戦いは心得ており、剣の操《あやつ》り方が抜群《ばつぐん》にうまかった。

「その得物じゃ、思うように動けねえだろっ」

必殺を予想した刺突《しとつ》。

盗賊は呆然《ぼうぜん》としたバッシュの目に己《おのれ》の剣が突き刺《さ》さり、噴水《ふんすい》みたいに血を噴《ふ》き出しながら悶《もだ》え苦しむのを夢想し……そのまま頭蓋《ずがい》を粉々に砕《くだ》かれて死んだ。

「えっ？」

他《ほか》の盗賊の誰《だれ》も、何が起きたのか理解できなかった。

刺突を放った仲間が、パガッというマヌケな音と共に、頭を失った。

その現実に、理解が追いついてこなかった。意味がわからなかった。

「あれ？」

ただ、変化に気付く者はいた。

バッシュが無造作に持っていた大剣が、いつしか振《ふ》り抜かれた姿勢で静止していた。

はて、先程は右にあった剣が、なぜ左に。こんな狭《せま》い場所では、あんな大剣を振り抜くことなんてできないはず。

遅《おく》れて、バッシュの周囲の壁が音を立てて爆発した。

まるでそこを、剣が通り抜けたかのように。

「うおう！」

盗賊たちは、唐突に壁が爆発し、ビクリと身を縮めた。

それでもまだ、何が起きたのか理解ができない。

バッシュの薙《な》ぎ払《はら》いが、壁を破壊しつつ振り抜かれ、盗賊の頭部を破壊した。

それが答えだ。

ガラガラと落ちる瓦礫《がれき》だけが、バッシュの行動を推測するヒントだった。

だが、盗賊たちが答えにたどり着くことはなかった。ただいきなり仲間が死んで、呆然としてしまった。壁が壊《こわ》れても、身を縮ませることしかできなかった。何が起きたのかわからず、動きを止めてしまった。自分が間合いの内側にいると、気付けなかった。

バッシュは問答無用で、左から右へ、二度目の薙ぎ払いを放った。

結果、呆然としていた全員の胴《どう》が、破裂《はれつ》するように真っ二つになった。

声を上げることすらできなかった。

意味もわからず、動けず、計六名が、同時に命を落とした。

「ち、ちくしょう……」

生き残ったのは、バッシュの戦いを間近で見たことのあるボグズだけだった。

奴《やつ》に閉所なんて関係ないということがわかっているのは、彼だけだった。斬撃《ざんげき》を見て、壁《かべ》ごと盗賊をぶった切ったと理解できたのは、彼だけだった。

ゆえに彼だけは、バッシュの間合いの外に下がることに成功していた。

「なんで、なんでお前がここにいるんだよぉ……！」

ボグズはそう叫《さけ》びながら、部屋の入り口から外へと飛び出ていった。

バッシュは咄嗟《とっさ》にそれを追いかけようとし、ゼルに耳打ちをされて、ピタリと足を止めた。

そして、ゆっくりとジュディスの方を向く。

鼻息は荒《あら》い。

当然だろう、今、目の前に両腕《りょううで》を縛《しば》られ、体を隠すこともできない女が転がっているのだから。

「……ヒッ」

ジュディスは喉《のど》の奥を震わせた。

この部屋にいるのは、ジュディスとバッシュだけ。

上半身裸《はだか》の女と、股間《こかん》を膨《ふく》らませたオークだけ。いや、一応、オークの頭の近くに、淡《あわ》く発光しているフェアリーもいるが……。

あのフェアリー。どうやら盗賊の一味ではなかったらしい。が……しかし、きっと自分の味方ではあるまい。最初から、バッシュの味方だったのだ。

フェアリーがバッシュの耳元で何かを囁《ささや》いている。

ジュディスはそれを見て「今のウチにやっちまいましょうよ」なんて言っているのだと予想した。

もしかすると、あのフェアリーとオークは、最初からこのつもりだったのかもしれない。

もう、自分の状況《じょうきょう》が極限すぎて、何もかもが誰かの陰謀《いんぼう》に思えてならないジュディスであった。

そんなジュディスに、バッシュがゆっくりと手を伸《の》ばしてくる。

「やだっ……やめて……え？」

しかし、バッシュは決して、ジュディスの肌《はだ》に触《ふ》れることはなかった。

その白い肌にふわりと、自分が身に着けていた外套《がいとう》を掛《か》けたのだ。

「……え？」

「助けに来た。縄《なわ》を解くから、これを牢屋《ろうや》で死にかけている兵にかけろ。妖精《ようせい》の粉だ」

バッシュはそう言うと、ジュディスの縄を解《ほど》いて、手に小瓶《こびん》を握《にぎ》らせた。

妖精の粉については、ジュディスもよく知っていた。

貴重なものだ。一匹《ぴき》のフェアリーから、一日に僅《わず》かな量しか取れないと聞く。

恐《おそ》らく、バッシュの耳元で恥《は》ずかしそうにモジモジしているあいつのだろう。

そこでようやく、ジュディスは理解した。

眼の前のオークは、自分を助けにきてくれたのだ、と。

自分は、助かったのだ、と。

あの絶望的な状況から、救われたのだ、と。

姉のようにならずに済んだのだ、と。

「感謝してほしいっすね！　オレっちの……いや、旦那《だんな》の作戦でオレっちがスパイとして入り込んでなかったら、今頃《いまごろ》盗賊どもの慰《なぐさ》みものっすよ！」

「！　か、感謝する……！」

ジュディスは、顔を真っ赤にしながら、感謝の言葉を口にした。

口だけではなく、心からの感謝であった。

同時に驚《おどろ》いてもいた。

オークという生物が、裸の女を前に、何もしないことを。

もしかすると、バッシュに性欲《せいよく》がないのではと一瞬《いっしゅん》だけ思ったが、バッシュの股間は革《かわ》の下穿《したば》きを穿いてなお、こんもりと盛り上がっていた。

つまり、自分の欲を抑《おさ》え込んで、ジュディスに接してくれているのだ。

「だが……」

「どうした？　牢屋は俺が空けた穴を出て、すぐ左だ」

「それは了解《りようかい》した！　しかし、そうではなく、な……なぜお前は、私を襲《おそ》わない？」

「襲ってもいいのか？」

「だ、ダメだ！」

ジュディスは外套を強く掻《か》き抱《いだ》いた。

先程《さきほど》の恐怖《きようふ》が思い出され、ブルリと身を震わせる。

「だが、オークというのは、他種族の女をさらい、孕《はら》ませるのが……その、好きなのだろう!?」

「ああ。だが、オークキングの名において、オークが他種族の女を無理矢理犯《おか》すことは禁じられている」

この数日で、何度も聞かされた言葉。

馬鹿《ばか》の一つ覚えのように繰《く》り返された言葉。

所詮《しよせん》は口だけのものだと思っていた言葉。

だが、今この瞬間、ジュディスの心にストンと落ちた。

理解できた。

ああ、そうか。

これは『忠誠心』なんだ。

先程見たあの強さ。壁をクッキーのように切り砕き、六人を同時に両断する膂力《りょりょく》。あの強さがあれば、彼はいくらでも女を手に入れることができるだろう。それこそ、宿で包囲した時、兵士たちを皆殺《みなごろ》しにして、ジュディスを犯すことだってできたのだ。

でも、それをしなかった。彼はオークキングへの忠誠心をもって、己を自制している。

そうか、そうだったのだ。だから、ヒューストンも彼のことを認めていたのだ。

オークの国の重鎮《じゅうちん》だと、オークの国の騎士《きし》だと。

それも、王都の近衛《このえ》騎士団長クラスの大物だと。

ジュディスが理解すると同時に、バッシュが立ち上がった。

「ど、どこにいく？」

「奴を追う」

バッシュは、ヒューストンから下された命令『賊《ぞく》を皆殺しにしろ』を忠実に遂行《すいこう》しようとしていた。

ヒューストンは王ではないが、現場の指揮官だ。

オークは、指揮官の命令には従うのだ。

「そうか、お前はそのために……」

だが、ジュディスは別の解釈《かいしゃく》をした。

彼女はバッシュの忠誠心を理解した。その結果、彼が今ここにいる理由に、心当たりがついた。

なぜヒューマンの国に来て、なぜ罵倒《ばとう》されるのを我慢《がまん》し、なぜ騎士たちと一緒《いっしょ》に森に入り、なぜこんな馬鹿な女騎士を見捨てず洞窟《どうくつ》に突入《とつにゅう》し、半裸《はんら》の女を置き去りにしてまで敵を……いや、〝オーク〟を追うのか……！

わかった以上、彼の行動を邪魔《じゃま》することは、もはやジュディスにはできなかった。

「うん？」

「いや、わかった。……武運を祈《いの》る」

「ああ！」

その言葉を背に、バッシュは立ち上がった。

◇

バッシュが道を戻《もど》ってくると、広間でヒューストンが戦っていた。

十数匹のバグベアを相手に、大立ち回りを繰り広げていた。

だが、広間とはいえ、洞窟内。

場を広くつかって立ち回りたいところではあるが、十数匹のバグベアに囲まれてはそれも叶《かな》わず、苦戦しているようだった。

「どけ、どけよ！　バグベアども！　囲い込め！　そいつを殺せ！　はやくどかせぇ！」

叫んでいるのは、メイスを手にしたボグズ。

半狂乱《はんきょうらん》になりながらもバグベアを操《あやつ》り、ヒューストンを追い詰《つ》めようとしていた。

ヒューストンはというと、防御《ぼうぎょ》に徹《てっ》することで、これをしのいでいた。

早く逃《に》げたいのであれば、ヒューストンなど放《ほう》っておけばいい、と思うところだが、ヒューストンは巧《たく》みな足さばきで、ボグズの行く手を塞《ふさ》いでいた。

ボグズの行く手、すなわち一つの通路。出口に通じる通路だ。

バッシュの知っているボグズなら、ヒューマンの騎士の一人ぐらい、難なく倒《たお》して突破しただろう。

だが、できていない。それはヒューストンの立ち回り方がうまいのもあるだろうが……。

それ以上に、焦《あせ》りすぎていてバグベアの操り方が雑だった。

「ボグズ！」

「ば、バッシュ……!?」

名前を呼ばれ、ボグズは振《ふ》り返る。

そこには、彼がオークの国を追放されて、なおオーク最強と信じて疑わない男がいた。

その男は愛剣《あいけん》を構え、ゆっくりとボグズの方へと歩いてきていた。

「くっ……集まれ！」

ボグズは血の気が引くのを感じながら叫んだ。

ヒューストンに群がっていたバグベアが、一匹残らずボグズの周囲へと移動する。

バグベアたちに守られながら、ボグズは問いかける。

「なぜだ！　なぜお前がここにいる！」

バッシュが答える。堂々と。

「命令が下されたからだ。お前を殺せというな」

「く……そういうことか！」

ボグズは理解した。なぜバッシュがここにいるのか。オークの国で、英雄《えいゆう》としてのうのうと暮らしているはずの男が、なぜ自分を殺しにきたのか。

バッシュの一言で、完璧《かんぺき》に理解した。

ボグズは、オークの国を追放されたとはいえ、戦士だった。

ビーストテイマーとして、幾多《いくた》の戦場を経験した。誇《ほこ》りがあった。オークとは、こうであるべきだという理想があった。

だがオークキングの命令は、明らかにボグズの理想に反していた。

女を犯すな？　敵と戦うな？

ふざけんじゃねえ。オークから戦いと女を取って何が残る！

だから反発し、国を追放された。

盗賊《とうぞく》に身をやつしたが、誇りを捨てたわけではない。

むしろ、彼なりに、オークの理想を体現しようと躍起《やっき》だったのだ。

だがきっと、その行為《こうい》は、ヒューマンと仲良くしようとしている者からすると、目障《めざわ》りだったのだろう。

だから命令を下した。

殺せと。

オークとヒューマンの仲を違《たが》わせようとする者を、殺せと。

誰《だれ》がそんな命令を下した？

バッシュに、オークの英雄に、オーク最強の戦士に命令を下せる男など、一人しかいない。

オークキングだ。ネメシスの野郎《やろう》が、バッシュにボグズを殺せと命令したのだ。

「そんなに目障りかよ、自分の言いなりにならねぇオークが！」

ボグズは、自分がバッシュに勝てないのを知っていた。

今すぐメイスを投げ出し、膝《ひざ》をつき、頭《こうべ》を垂れて、命乞《いのちご》いをすべきだと、本能が叫《さけ》んでいた。

だが、ボグズは誇りを失ったわけでない。理想を捨てたわけではない。

ボグズの考えるオークの誇り高き理想の戦士。

それは、剣を構えた相手に、無様に命乞いなど、しない。

「俺は元オーク王国・魔獣《まじゅう》大隊長ボグズだぁぁ！」

名乗り。

対するは英雄。

「む……俺は元オーク王国・ブーダース中隊所属戦士。オーク英雄《ヒーロー》のバッシュだ！」

互《たが》いに名乗り、互いに雄叫《おたけ》びを上げ、互いにぶつかり死力を尽《つ》くす。

それこそが、オークに古くから伝わる決闘《けっとう》の作法であった。

ボグズが挑《いど》み、バッシュが受けた。オークの上級戦士同士の、由緒正《ゆいしょただ》しき決闘。それはオークの歴史や生態に詳《くわ》しいヒューストンですら、初めて見るものであった。

「グラァァァァオォ！」

ボグズのウォークライが洞窟内にこだました。それに呼応し、バグベアたちが一斉《いっせい》に動き出す。

「グラァァァァオォ！」

バッシュがウォークライを返した。

波のように押し寄せるバグベアに対し、バッシュは恐《おそ》れることなく、深く踏《ふ》み込んだ。

バッシュの踏み込みは、たった一歩でバグベアを射程内に捉《とら》えた。

バグベアが地を蹴《け》ると同時に、鋭《するど》い一閃《いっせん》が放たれる。

……三匹《びき》のバグベアが、一瞬で肉塊《にくかい》へと変わった。

「グラアアァァァ！」

雄叫びを上げながら、バッシュが足を進める。

一歩、二歩、進む度《たび》に、バグベアが肉塊へと変わる。

重く、鋭く、凄《すさ》まじい剣撃《けんげき》に対し、並のバグベアなどただの肉に過ぎなかった。

残ったバグベアは五匹。

終戦時に残った、歴戦のバグベア。オーガを凌駕《りょうが》する膂力と、リザードマン並みの俊敏《しゅんびん》さを兼《か》ね備えた、ボグズの切り札。

「グッガアァァァァ！」

雄叫びと共にバッシュがまた踏み込む。

鋼鉄の嵐《あらし》が吹《ふ》き荒《あ》れる。

オークの戦士は、誰だって自分が最強だと思っている。

口に出して言いやしないが、オークキングにだってサシで戦えば勝てると思っている。

そんな自信過剰《かじょう》な連中が、バッシュにだけは勝てないと自覚している。

誰も、バッシュの斬撃《ざんげき》を見切れないからだ。

振り抜《ぬ》かれる剣は、あまりに速すぎる。

ボグズの目にだって、残像にすら追いつかない。だが、バグベアたちは、オークよりも動体視力に優《すぐ》れていた。彼らの目は、確かにその斬撃を捉えていた。

そしてオーガを凌駕する膂力と、リザードマン並みの俊敏さにて、その斬撃をいなそうとした。

しかし、だが、相手はバッシュ。

オーガを素手《すで》で捻《ひね》り潰《つぶ》したヒューマンの英雄『巨　殺　卿《ジャイアントキリングロード》のアシス』ですら、その一撃を受け止めることができなかった。強固な鱗《うろこ》を持つドラゴンですら、首を叩《たた》き落とされた。

あらゆる敵を真正面から打倒《だとう》し、あらゆる敵に恐れられた、オークの英雄。

正真正銘《しょうしんしょうめい》、オークの切り札。その一撃は、誰も受けきれない。

五匹のバグベアが、一瞬《いっしゅん》で肉塊へと変わった。

「うっ、うぅ……！」

ボグズの瞳《ひとみ》に、長年辛苦《しんく》を共にしてきた戦友たちの死が映った。

メイスを握《にぎ》りしめる手に力がこもる。

なぜ彼らと一緒に前に出なかったのか。

なぜ彼らと一緒に死ねなかったのか。

なぜせめて、あと一歩前に出ていなかったのか。

そんな後悔《こうかい》が一瞬だけ胸中に飛来し、それは闘志へと変わった。

俺はバッシュを恐れていた。恐怖《きょうふ》してしまっていた。

闘争を第一とし、戦いが全《すべ》てだと信じ、オークキングに背信してまで国を飛び出してきたというのに、英雄と対峙《たいじ》して足がすくんでしまった。

そんな自分に、怒《いか》りを覚えた。

「うあああぁぁ！」

ボグズは握った拳《こぶし》で、自分の足を殴《なぐ》った。

怒りはそのまま、恐怖をぶん殴り、体に力をみなぎらせる。

「バッシュゥウ！」

バッシュは意に介《かい》さない。

ただ目の前の敵を殺すべく、踏み込みを行う。

「ボグズ！」

名を呼んだ刹那《せつな》、バッシュの脳裏《のうり》に、ボグズとの思い出が蘇《よみがえ》る。最初に出会ったのは戦場だった。

まだ初陣《ういじん》から間もなく、剣を振るう腕《うで》も細かった頃《ころ》。あの日、バッシュは見た。ボグズとバグベアたちを。戦場を駆《か》け巡《めぐ》る屈強《くっきょう》なバグベアたちが、なんと心強く見えたことか。

そして、バグベアたちの中でメイスを振り回して暴れるボグズが、なんと逞《たくま》しく、圧倒《あっとう》的な存在に見えたことか。

一生、彼ほどの強さは身につかないと思っていた。

それだけ遠い存在だった。

いつしか追いついて、追い抜いて、憧《あこが》れることすらしなくなってしまった。

そんな存在が、今は目の前にいた。

「グラアアァァア！」

「グガアアァアウォ！」

一閃。

ボグズのメイスと、バッシュの大剣が交差する。

ぶつかりあった二つの鉄塊《てっかい》。歴戦のメイスは、オークの強靭《きょうじん》な腕力《わんりょく》によって火花をちらし、ひしゃげ、曲がり、耐《た》えきれなくなって折れた。

対するデーモンの鍛《きた》えし大剣は、勢いが衰《おとろ》えることなく、軌道《きどう》を曲げることすらなく、狙《ねら》い通り、ボグズの頭へと叩き込まれた。

「がっ……」

ボグズの頭部が血飛沫《ちしぶき》へと変わった。

「……」

頭部を失ったボグズの体が、すとんと膝を突《つ》く。

やや遅《おく》れ、ドサリと音を立てて、ボグズの体が倒《たお》れた。

もう、ピクリとも動かない。

ビーストテイマーにしてビーストマスター。

オーク族で最もバグベアを華麗《かれい》に操《あやつ》る男が、死んだ。

「ふう……」

バッシュは息を吐《は》いて周囲を見渡《みわた》す。

すでに、広間に敵はいなかった。

バグベア十四匹は、今の一瞬で全て斬《き》り殺した。

盗賊の生き残りもいない。仮にいたとしても、ボグズがいない今、今まで通り盗賊を続けていくことはできないだろう。

「ボグズ……」

バッシュはボグズの死体を見下ろし、昔のことを思い出した。

ボグズはビーストテイマーとして、名の知れた戦士だった。

バッシュが生まれる前から活躍《かつやく》している男だった。

劣勢《れっせい》の戦いの中で、彼は「バッシュ、お前は俺たちの誇りだ。まさにオークの理想を体現した戦士だぜ」と褒《ほ》めてくれた。

バッシュもまた「お前がいなければこの戦場で生き残れなかった」と、素直に言った記《き》憶《おく》がある。

立派な戦士だった。

てっきり、最後の戦《いくさ》で死んだものと思っていた。こんなところではぐれオークになっていたとは、思ってもみなかった。

きっと、何かがあったのだろう。それはバッシュにはわからない。ついでに言えば、最後に彼が喚《わめ》いていた言葉の意味もわかっていない。

目障《めざわ》りだったわけなどない。むしろ、尊敬すらしていたのだ。

「こいつで終わりですか？」

と、そんなバッシュに、顔にひっかき傷を作ったヒューストンが話しかけてきた。

ひっかき傷といっても、バグベアの汚《きたな》い爪《つめ》によって付けられた傷だ。

バイ菌《きん》によるものか、すでに腫《は》れ始めていた。

「ああ、奥にいた盗賊《とうぞく》は、全て殺した」

「ジュディスたちは？」

「奥にいた、誰も死んではいないはずだ」

「そうですか、それは何より。では、彼らを連れて一度撤収《てっしゅう》しましょう」

ヒューストンは、己《おのれ》の傷にツバをつけつつ、そう言った。

バッシュが一人いればなんとかなる。そう思い、退路の確保を優先したものの、想像以上だった。

十四匹のバグベアを最小限の動きで効率的に殺し、オークの戦士を仕留めたあの動き。

まさしく、オーク最強の名に相応《ふさわ》しいものであった。

（……俺、よくこの男から逃《に》げきることができたよなぁ）

ヒューストンはそう思い、ほっと息をついたのだった。

9．プロポーズ

戦いの後、バッシュたちは洞窟《どうくつ》内を探索《たんさく》し、盗《ぬす》まれたと思《おぼ》しき商品を発見した。

商品内容はジュディスが集めた情報から作られた盗品リストと一致《いっち》していた。どうやら、バグベアを操り、街道《かいどう》の商隊を襲《おそ》っていたのは、ここにいた連中で間違《まちが》いないらしい。

ついでに、ある部屋から盗品をさばいた時の取引の証拠《しょうこ》も見つかった。

これで盗賊と繋《つな》がりのある商社も一網打尽《いちもうだじん》にできる。

一件落着であった。

その証拠を持ち、バッシュたちは洞窟を後にした。

「眩《まぶ》しいな……」

薄暗《うすぐら》い森を抜けると、陽《ひ》の光が眩しく照らした。

いつしか、夜が明けていた。

バッシュは目を細めながら、周囲を見渡した。

兵士たちはボロボロ、妖精《ようせい》の粉のおかげで致命傷《ちめいしょう》は治癒《ちゆ》されたが、互《たが》いに肩《かた》を貸し合わないと歩けないほどだ。

ジュディスはというと、そんな兵士たちを見ながら、少し落ち込んでいた。綺麗《きれい》な白い肌《はだ》と透《す》き通るような金髪《きんぱつ》が、多少汚《よご》れている。目元は腫れており、頬《ほお》には涙《なみだ》の伝った跡《あと》がある。しかし、どこかスッキリとしたような表情をしているようにも見えた。

それらが全て、バッシュには美しく見えた。

「……」

ジュディスはそんな視線に気付いたのか、ふとバッシュの方を見た。

だが、特に何も言うことなく、口を尖《とが》らせてそっぽを向いた。

今までであれば、口さがなく罵《ば》声《せい》を飛ばしたか、睨《にら》み返してきたであろうに。

それどころか、今はどこか恥《は》ずかしそうであった。

(旦那《だんな》、旦那！)

そんなジュディスをまじまじと見ていると、バッシュの耳元でゼルが囁《ささや》いてきた。

(多分っすけど、今いけば、あの女、落ちるかもしれないっすよ)

(……そうなのか？)

(ピンチを救い。旦那のでっかいところを見せたっす。百％イケるって確証はないっすけど、今がチャンスなのは間違いないっす！　それにほら、指！)

そう言われ、バッシュはジュディスの手を見る。

その左手の薬指には、指輪らしきものは、何も着けられていない。

（チャンスっすよ！　チャンス！）

チャンスと聞いて、バッシュの脳裏に、洞窟内で見たジュディスのあられもない姿が思い出された。白い肌、むき出しの乳房《ちぶさ》、溢《あふ》れる涙。

自然と鼻息が荒《あら》くなってくる。

この一日、我慢《がまん》を続けた。ヒューマンの女は、ガツガツと求めても決して手に入らないと聞かされ、香水《こうすい》を付けたり、口答えをせずに話を聞いたり、裸《はだか》を前にしても自分を抑《おさ》えたり……。

そんな努力のお陰《かげ》で、今、眼《め》の前の女騎士《きし》が手に入るところまできた。

そう聞かされ、バッシュはグッと拳を握《にぎ》りしめた。

ジュディスの手をチラリと見て、

「ジュディス」

バッシュは、鼻息を荒くしたまま、ジュディスへと話しかける。

「……な、なんだ？」

ジュディスは、若干《じゃっかん》バツの悪そうな顔をしつつ、振《ふ》り返った。

そして、鼻息の荒いバッシュを見て、「うっ」と顔を引きつらせた。バッシュはジュデイスの反応など気にせず、ジュディスの肩を摑《つか》んだ。

そして言った。

「お前、俺の子供を産まないか？」

オーク的には普通《ふつう》のプロポーズである。

「……！」

ジュディスは、目を見開いた。一瞬《いっしゅん》、その表情に怒《いか》りの色が浮《う》かびかける。

……が、その色はすぐに消えた。

バッシュを数秒ほど、真顔でマジマジと見た後、フッと笑った。

おお、これは好感触《こうかんしょく》だ。そうバッシュが内心で喜びかけたその時、ジュディスは言った。

「試《ため》していただかなくとも、さすがにもう誤解はしませんよ。『他種族との合意なき性行《せいこう》為《い》は、オークキングの名において固く禁じられている』でしょう？」

返ってきた言葉は、イエスでもノーでもなかった。

バッシュの荒くなった鼻息が、スピッと音を立てて引っ込む。

困惑《こんわく》のまま、バッシュは優秀《ゆうしゅう》なブレーンに意見を求めた。

（どういう意味だ？　イエスなのか？　ノーなのか？）

（うーん……）

ブレーンは腕《うで》を組んで、言葉の意味を吟味《ぎんみ》する。

イエスかノーか。小さな脳内で、イエスと書かれた妖精と、ノーと書かれた妖精が戦い始める。壮絶《そうぜつ》なる殴《なぐ》り合い……その結果、ブレーンは残念そうな顔になった。

（うーん……遠回しっすけど、振られたってことっすね）

ブレーンの脳内で、ノーが拳《こぶし》を上げ、観客に投げキッスを飛ばしていた。髪《かみ》の毛一本分の差の勝利であった。

（振られた……つまり、ノーか）

（ノーっす）

（なら、次は何をすればいい？）

（基本的には振られたら潔く諦《あきら》めて次の女に行くのがマナーっす。しつこく迫《せま》ったら、それだけで合意なき性行為になってしまうこともあるっす）

（ぬぅ……そう、なのか……）

どうやら、ダメだったようだ。

（まあ、仕方あるまい）

しかし、バッシュはあまり気落ちしていなかった。

戦争では、バッシュが一人でどれだけ頑張《がんば》っても、負ける時は負ける。チャンスとは、

必ず勝てるという保証ではない。勝ちきれない時もある。その度《たび》に落ち込んでいては、戦場では生き残れない。すぐに切り替《か》えて次の戦場に向かうのが、戦士というものだ。

(だが……)

が、バッシュとしては少々未練があった。

なにせ、この戦いはバッシュにとって初陣《ういじん》とも言える戦いだ。

もう少し粘《ねば》ってみたかった。新兵が功を焦《あせ》るとロクなことにならないと知っているが、それでも。

「そうか……残念だ。お前のことは気に入っていたのだがな」

「オークのくせに世辞がうまいですね。あなたを思う様《さま》に貶《けな》し、挙げ句に敵に捕《つか》まり無様に泣き叫《さけ》び、助けられるような女のどこを気に入ったというのですか」

「顔だ」

「ハハッ」

ジュディスは笑った。冗談《じょうだん》だと思われてしまったのだ。

「まあ、褒《ほ》め言葉として受け取っておきましょう」

ジュディスはそう言って、ほつれた髪をかきあげた。

バッシュからすると世辞でもなんでもない。今だって、髪をかきあげる仕草にグッときている。

そんなバッシュの思いをまったく知らず、ジュディスはぽつりと言った。

「何にせよ、助かりました。あなたが来てくれなければ、私は姉のようになったでしょうから」

「姉がいるのか？」

「ええ、あなたたちオークの捕虜《ほりょ》になり、ボロボロに犯《おか》し尽《つ》くされた姉が……」

「むう」

バッシュは閉口した。

ジュディスの姉。まったく情報はないが、ヒューマンについて詳《くわ》しくないバッシュは、ジュディスの姉なのだから、ジュディスと同じぐらい美しい女騎士なのだろうと勝手に推測した。

美しい女騎士であれば、オークたちがどのように扱《あつか》ったのかは、想像に難《かた》くない。

当時は、誰《だれ》もそれに疑問を抱《いだ》いていなかった。

オークにとって、女を捕虜にするとはそういうことだった。

和平交渉《こうしょう》の場で禁止条約が結ばれる際、ヒューマンの女騎士である『血飛沫《ちしぶき》のリリー』がオークの戦士の一人を打倒《だとう》し、「同意無き性交は他種族の女戦士の誇《ほこ》りを大きく傷つけることだ。貴様らが誇りを重んじる種族だというなら死を望む者は殺せ！　侮辱《ぶじょく》するな！　戦いの中で死なせろ！」と言われ、ようやくオークたちも少し理解したのだ。

　まぁ、理解したところで性欲《せいよく》が勝《まさ》る者もいるし、昔からやってきたのになんで今更と憤《いきどお》る者もいる、じゃあどうやって繁殖《はんしょく》すればいいんだよふざけんなと思考停止する者もいる。

　全《すべ》てのオークがというわけではないが。

「私はずっとオークが憎《にく》かった。あの凛々《りり》しく、聡明《そうめい》で、目指すべき目標であった姉をあそこまでボロボロにしたオークが……」

　そう言うジュディスの表情は、最初に会った時と同様、憎悪《ぞうお》に彩《いろど》られていた。オークは憎い。皆殺《みなごろ》しにしてやりたい。そんな幻聴《げんちょう》すら聞こえてきそうなほどの憎悪……。

　しかし、そんな表情はすぐに和《やわ》らいだ。

「だが、私も考えを改めることにしました。オークにも、あなたのような立派な男がいるのだとわかったので」

　決して憎悪が消えることはない。でも、少しだけ和らげることができた。

　ジュディスの表情は、そう語っていた。

バッシュにはピンとこない話であったが、ゼルにはピンときたようだった。

ゼルはバッシュの耳元にまたフワフワと飛んでいくと、耳打ちをした。

(旦那、こりゃ絶対ムリっすよ)

(……いや。立派だと思われているなら、いけるのではないか？)

(この女は、オークって種族自体がムリなんすよ。旦那だって、これはダメだって種族がいるでしょ？)

確かに、バッシュにもムリな種族はいた。

例えばリザードマン。あのトカゲのような見た目の種族とは、性交する気にはならない。

第一、雄《おす》か雌《めす》かの見分けすらつかないのだ。

他《ほか》だとキラービー。あの種族と性交をしても、生まれてくるのは全てキラービーな上、妊娠《にんしん》すると夫を食い殺してしまう。バッシュは生涯《しょうがい》でたった一度だけの性交をしたいわけではないのだ。

他にも、性交に適さない種族はごまんといる。

ジュディスの中で、オークがそういった種族にカテゴライズされているのであれば、確かにムリだろう。

(嫁《よめ》はムリっすけど、立派だと思われてるなら別のチャンスがあるっす。ヒューマンの女ってのは別のヒューマンの女と連絡《れんらく》を取り合うものっすから。もしかすると、オークを無理だと思っていない、別の女を紹介《しょうかい》してもらえるかもしれないっすよ）

（なるほど！）

バッシュの脳裏《のうり》に、ジュディスと同じぐらい美しい女騎士たちがズラッと並んだ。

全てバッシュ好みの女の子だ。確かにジュディスは惜《お》しいが、その中の誰かが手に入るのなら、良しだろう。

（あ、でも露骨《ろこつ》に紹介してほしい、なんて言うのは厳禁っすよ。ヒューマンの女は『乗り換《か》え』を非常に嫌《いや》がるっす）

（ならば、どう言えばいい？）

（そっすね……出会いを求めている、みたいな言い方ならいいかもしれないっす）

バッシュはうむと頷《うなず》いた。

やはりゼルは頼《たよ》りになる。自分一人であれば、ここまでの知恵《ちえ》は回らなかったろう。

「ジュディスよ。頼《たの》みがある」

「頼み？」

「俺は、今回のような出会いを求めている。心当たりはないか？」

ジュディスはその言葉に、一瞬だけ首をかしげた。だが、すぐにハッとしたような顔をして、ヒューストンを見た。ヒューストンはすぐ脇《わき》でバッシュとジュディスのやりとりを聞いていたが、すぐに頷いた。

「それでしたら、私に心当たりがあります」

「む……お前に？」

「はは、これでも私はクラッセルの騎《き》士《し》団長ですからね。そういった情報も集めているのです」

騎士団長とは、オークでいうところの大戦士長《グレイトウオーロード》だ。

大戦士長は指揮官だ、自分の部下である戦士たちに、常に目を配っている。

逆に言えば、部下に目を配れないような男は、大戦士長にはなれない。

オークは単純な種族ではあるが、馬鹿《ばか》ではない。指揮官に必要な要素はよくわかっている。

バッシュのように優《すぐ》れた戦士が、優れた指揮官とは限らないのだ。

そう考えれば、騎士団長が部下である女騎士に詳しいのにも納得《なっとく》がいった。

「エルフの国、シワナシの森の町に行ってみてください。そうすれば、きっとあなたの望む『出会い』があるでしょう」

「エルフか」

それは想像をしていた紹介とは違《ちが》った。

てっきり、女騎士の誰かを紹介してもらえると思っていた。

だが、エルフはいい。ヒューマンより繁殖力は弱いが、オークとの相性《あいしょう》はいいのかそこそこ孕《はら》みやすく、魔力《まりょく》の強い子供が生まれやすい。

長生きするだけあって体は丈夫《じょうぶ》な上、見目麗《みめうるわ》しい個体が多いため、オークの中でも非常に人気がある種族だ。

反面、痩《や》せている者が多いため、一部のオークはエルフを嫌《きら》う。

が……バッシュはその一部には含《ふく》まれていない。エルフは今のところオークの国の繁殖場にもいないので、プレミアム感もある。嫁にして連れ帰ることができたなら、英雄《えいゆう》としての面目《めんぼく》も保たれるだろう。

(エルフっすか。悪くないっすね！　旦那《だんな》！)

(ああ！　では早速《さっそく》向かうとするか)

バッシュは満足し、踵《きびす》を返した。それを見て、ヒューストンが驚《おどろ》いた顔をした。

「え？　どちらに？」

「シワナシの森だ」

そう、シワナシの森はそう遠くはないが、要塞《ようさい》都市クラッセルとは逆方向にある。

クラッセルに戻《もど》る必要はなかった。

「……一晩、クラッセルに泊《と》まっていかれては？　歓迎《かんげい》しますよ？」

「そんな暇《ひま》はない」

バッシュは一刻も早く童貞《どうてい》を捨てたかった。

それが可能な場所がシワナシの森だというのなら、一刻も早く赴《おもむ》くのみだ。

「今宵《こよい》は、酒場で勝利の祝い酒を酌《く》み交《か》わせるかと思ったのですが」

「まだ、祝い酒には早い。俺はまだ、目的を達成していないのだからな」

ヒューストンはもう少し引き止めたかったようだが、やがて諦《あきら》めたようにふっと笑った。

「そうでしたね。わかりました。なら引き止めはしません」

話の見えていない兵士たちが、不可解そうにバッシュに振《ふ》り返る。

行かせて良いのかと、その瞳《ひとみ》が語っている。

だが、ヒューストンもジュディスも、何も言わない。

ただバッシュの背中を見送り……いや、ジュディスが一歩、前に出た。

「バッシュ殿《どの》」

バッシュが立ち止まる。

何かを期待してのことだった。

そしてゆっくりと、シワナシの森方向へと歩いていくのであった。

バッシュは肩越《かたご》しにジュディスを見ると、こくりと頷いた。

淡《あわ》い期待であった。

「武運を祈《いの》る」

◇

「その……話が見えなかったのですが、結局彼は、何のためにクラッセルに来たのですか？」

町の近くまで来たところで、兵士の一人が言った。

「ん～？　わからんのか？」

「ハッ、できれば説明していただければ、と」

ヒューストンはその言葉に振り返り、ちらりとジュディスを見た。

もうわかるだろ？　説明しろ。とでも言わんばかりに。

ジュディスはため息を吐《つ》きつつ、説明を始めた。

「戦争終了《しゅうりょう》後、オークキングは他種族との争いを好まず、迎合《げいごう》を選んだ。これは知っているな」

「はい。ヒューストン様も調印式に参加なされたのですよね」

「そうだ。だが、その調印式に出席していたオークの中にも、何人か不機嫌《ふきげん》そうな顔をしていた奴《やつ》がいたそうだ」

「不機嫌というと、ヒューマンとの和平に反対する者がいた、ということですか？」

「うむ。オークは本来、戦《いくさ》を好む種族だ。生まれた時から楽しく戦争してたのに、平和なんて馬鹿か、俺はもっと暴れてえんだ……！　そう思う奴がいたのだ。それも、大勢な」

ごくりと、兵士の一人が息を呑《の》んだ。

「そんな奴らは、オークの国を出て世界へと散っていった……。そして、各地で暴れ続けている。今回のようにな」

ジュディスはヒューストンから、オークについて多少の知識は得ていた。

その上、一年間、ヒューストンによるはぐれオーク狩《が》りも見てきた。

だからはぐれオークがどういう連中かは知っている。

大半のはぐれオークは、オークキングの命令に従えない、オークとしても戦士としても三流の男たちだ。

だが、そうではないはぐれオークも存在していると聞き及《およ》んでいる。

戦士として一流。幾多《いくた》もの戦場を駆《か》け抜《ぬ》け、何百という敵を斬《き》り殺した猛者《もさ》。彼らは総じて強く、そして狡猾《こうかつ》だ。生き残る術《すべ》を知っている。

「今回の一件も、確かにオークの仕業《しわざ》でした……でも、それとバッシュ殿の旅と何が関係していると？」

「お前、ここまで言ってまだわからないのか？」

ジュディスはやれやれと肩《かた》をすくめた。

「つまりバッシュ殿は、そんなオークの恥知《はじし》らず共を探し出し、駆逐《くちく》せんとしているのだ」

ジュディスにはわかった。彼は、正しく騎士であったのだ。己《おのれ》を律し、仕えるべき主君に忠実に従う。だからこそ、繰《く》り返しオークキングの名を出したのだ。オークキングが、そしてオークの英雄たるバッシュが守ろうとしたもの、それは……。

「オークという種の誇《ほこ》りを取り戻すために、な」

オークとは、野蛮《やばん》で野卑《やひ》な種族である。ほとんどの種族が、そうした常識を持っている。

それは、間違ってはいない。

だが同時に、オークとは誇り高き戦士でもある。

自分の身から出た錆《さび》を自分でこそぎ落とせる、一流の剣《けん》である。

そう喧伝《けんでん》するために、バッシュという、オークで唯一《ゆいいつ》無二の英雄が出張っているのだ。

「私は今回の一件で、オークという種族の見方が、少しだけ変わったよ」

オークは嫌いだ。

姉を壊《こわ》したのもオークだ。ヒューマンを、特に女を同じ人間として扱《あつか》わない種族だ。子供を産むための道具か何かだとしか思っていないのだ。好きになれるわけがない。

だが、そんな嫌いな種族の中にも、尊敬できる者がいるとわかった。

騎士として、目指すべき存在になりうる人物がいるとわかった。

それがわかったことは、きっと大きな意味を持つ。

ジュディスはそう思ったのだ。

「でも、ヒューストン様は、最初からわかっておられたのですね。バッシュ殿が、なぜクラッセルに来たのかを」

「ふっ……まぁな」

ヒューストンは薄《うす》く笑った。一番最初こそ恐怖《きょうふ》し、取り乱した。だが、すぐに彼が何か使命を帯びていることがわかった。すぐに気付くことができたのは、ヒューストンがオークを研究していたからだ。

オークを観察し、よく知ることは、生きるためにやったことだ。

だが、今回はその知識と経験のお陰《かげ》で、あの英雄を相手に失礼な態度を取ることなく、その力になることができた。

ヒューストンは、そんな自分を誇りに思った。

「俺らも、騎士を名乗るなら、ああならないとな」

「ですね……今後はバッシュ殿のようになれるよう、精進《しょうじん》していきたいと思います！」

ジュディスはしみじみと今回の出来事を思い出し、決意していた。

彼との出会いを忘れまい。

彼の誇り高き行動の数々を忘れまい。

そして、自分も彼のような騎士を目指そう、と……。

「ま、その前にお前は謹慎《きんしん》と減俸《げんぽう》だ。バッシュ殿に免《めん》じて、騎士権の剝奪《はくだつ》は勘弁《かんべん》してやる。ちゃんと反省しろよ。お前らもだ！」

「ハッ、わかりました！」

「ハッ！」「ハッ！」

ヒューストンとジュディス。

二人はバッシュと出会えたことを神に感謝しつつ、要塞都市クラッセルへと戻っていくのであった。

エピローグ

バッシュは森の中を歩く。

目指す場所はエルフの国、シワナシの森。

鬱蒼《うっそう》と茂《しげ》る森は非常に歩きにくいが、バッシュの足取りは軽い。

フェアリーの導くままに、ただ目的の場所へと歩いていく。一歩一歩確実に。

「シワナシの森は比較《ひかく》的近くにあるっすから、チャチャッと移動するっすよ！」

「おう！」

バッシュとゼル。

戦争で名の知れた二人。彼らの表情は明るい。

なぜなら、彼らは二人のコンビで幾度《いくど》もの戦場を乗り切ってきた。幾度かの敗北はあったが、それ以上の勝利を積み重ねてきた。

だから、今回は失敗したが、次は必ず成功する。次に失敗したとしても、そのまた次に成功が待っている。

だって今までがそうだったのだから。

二人は行く、向かうはエルフの国、シワナシの森。

そこで妻を娶《めと》り、この旅が終わると固く信じて。

彼らはまだ知らない。

この旅が、長い旅になることを。


その頃《ころ》。

あるエルフは、ヒューマンのパーティに出席していた。

ヒューマン貴族による、綺羅《きら》びやかなパーティ。

右を見ても左を見ても、豪華《ごうか》に着飾《きかざ》った紳士淑女《しんししゅくじょ》が、にこやかな顔で談笑《だんしょう》している。

戦争中、しかめっ面《つら》しかしてこなかったあの男も眉尻《まゆじり》に皺《しわ》を作り、歯をむき出して雄叫《おたけ》びを上げていたあの女も、口元を隠《かく》してオホホと笑っている。

そんな中で、あるエルフはある貴族の御曹司《おんぞうし》と談笑していた。

内容と言えば、ヒューマンの今後について。

「うむ。となれば、やはりこれからの時代、商《しょう》に学、それに芸の発展が要《かなめ》となるか」

「そうなのです。だから、ヒューマンの国全土に学校を作ろうと思っているのですが、我々も所詮《しょせん》は戦士や騎士《きし》ばかり、教養など皆無《かいむ》な者が多く、教師となりうる者も少なくて

「……」

「教養のある者は、すでに自分で行動しているものな」

「ええ、そこで、彼らに協力してもらい、教師を育てるための手引書のようなものが作れたらと動いているのです。それについて、エルフにもご助力を願えればと思っておりまして」

「練兵本の教師版か！　そういうものは我がエルフも考えていたところなんだ。本という形で残そうというのは、さすがヒューマンの発想といったところか……恐《おそ》れ入った！　どうだ、今晩は教育について共に語り合わないか」

「ははは。嬉《うれ》しい申し出ですが、男女が同じ部屋で共に過ごすとなれば、誤解もされましょう」

「えっ……!?　ん、ふふん、『破城槌《つち》』のメルツ殿ともあろう者が、人の噂《うわさ》を気にするのか？」

「はい」

「あ、そう……なのか？」

「試《ため》さないでください。いかに勇敢《ゆうかん》な者でも、エルフ全員を敵に回そうという者はおりませんよ」

「そ、そうだよな！　ハハ、そりゃそうだ。だなー、はは」

　エルフも笑う。しかしその笑いは、周囲の者たちがしている朗《ほが》らかで裏表のないものと違《ちが》い、どこか空虚《くうきょ》で乾《かわ》いたものであった……。

　彼女はまだ知らない。

『オーク英雄《ヒーロー》』が、彼女と同じ目的を持つようになることを。


　あるドワーフの少女は、己の工房《こうぼう》で剣を研《と》いでいた。

　工房の中、剣を研ぐシャリシャリという静かな音が響《ひび》く。

　ドワーフの少女はある程度研ぐと、やがて刀身を傍《かたわ》らに置いた桶《おけ》の中へと浸《ひた》した。赤い水で満たされた桶に刀身を沈《しず》めると、水面《みなも》に黒い粉のようなものがふわりと浮《う》き上がってきた。

　剣を引き上げ、少女は刀身を眺《なが》める。

「良し！」

「何が良しなんだい？」

「！」

　その言葉に少女が振《ふ》り返ると、そこにはまた別のドワーフの女が立っていた。

「人の工房に無断で立ち入るなって、前に言ったよね……」

「鍵《かぎ》を掛《か》けてないほうが悪いのさ。で、何なんだい、その工程は。その真っ赤な水は、なんだい、塗料《とりょう》でも流し込んでいるのかい？」

「企業秘密《きぎょう》だよ。技《わざ》を盗《ぬす》まれちゃ敵《かな》わないからね」

「ハッ、あんた、自分に盗まれるほどの技があるとでも思っているのかい？　思いつきで変な工程を入れる暇《ひま》があったら、もっと丁寧《ていねい》に研ぎをしな」

「チッ！　いつまでもいつまでも人を見下して……そんなことをいいに来たのかい!?」

激昂《げきこう》する少女に、女はため息を吐《つ》く。

「別にいいたかないけどね。そんな雑な仕事を見てたら、誰《だれ》だって一言言いたくなるってもんさ」

「馬鹿《ばか》にして……次の武神具祭で吠《ほ》え面《づら》かいても知らないよ」

「ハッ、あんたにゃ無理さ」

女は嘲《あざけ》るような言葉を一言呟《つぶや》き、工房から出ていった。

一人残った少女は、悔《くや》しさに歯噛《はが》みしながら、己の剣を見る。

彼女はまだ知らない。

いずれ『オーク英雄《ヒーロー》』が自分の剣を振るうことを。

ビーストの姫《ひめ》は、自室で物憂《ものう》げに外を見ていた。

彼女の部屋から見えるのは、新しい町だ。

戦争が終わり、三年で作られた町。まだ何もかもが新しく、しかし伝統だけは存在している、ちぐはぐな、しかし活気にあふれる町。

ビースト王家は、この町を興《おこ》そうと必死だ。

姫にはわからぬことだが、この町はかつて奪《うば》われた、ビースト族の聖地だった場所だ。

ビーストの勇者レトが取り返した町だ。

この町に住む者は、誰もが勇者レトを誇《ほこ》りに思っている。

デーモン王ゲディグズとの戦いで、かの王と刺《さ》し違えるように死んだ勇者。

ビースト族の誇りにして、史上最高の英雄と言われる、勇者レト……。

「本当に勇者レトを誇りと思うのなら……なぜそんな嘘《うそ》を吐かねばならぬ」

しかし、真実は違う。

無論、勇者レトはビースト族の誇りだ。そこに間違いはない。

だが、一点だけ、真実と違うことがある。勇者レトの名誉《めいよ》のため、ビースト族の誇りのため、嘘を吐いていることがある。

ゆえに姫は思う。

「やはり、根絶やしにせねばならぬのだ」

姫は憎悪《ぞうお》のこもった視線で窓の外を見る。だが、決してその視線は町の方に向いているわけではない。胸中にある、己《おのれ》のどす黒い感情へと向けられていた。

「復讐《ふくしゅう》を遂《と》げることが、レト叔父《おじ》様への手向《たむ》けであろうに」

彼女はまだ知らない。

己の知る事実もまた偽《いつわ》りであることを。

そして、いずれ己が『オーク英雄《ヒーロー》』から、真実を伝えられることを。


ある双子《ふたご》の妹は、兄を見ていた。

ただひたすらに剣《けん》を振る兄の姿。

妹はずっと兄の世話をしているが、兄に剣の才能がないことは見ていればわかる。いや、あるいは才能があるのかもしれないが、独学でそれを伸《の》ばすことができていないことはわかる。

「はあ……はぁ……」

「兄さん、お水です」

「ああ」

兄は妹に渡《わた》された水をぐびぐびと飲み干すと、また剣を振り始めた。

双子には、倒《たお》さなければならない相手がいた。父と母の仇《あだ》で、強大だった。

だから兄は剣の修行《しゆぎよう》をしている。

その剣で、必ずや仇を討《う》つと心に決めて。

「……兄さん、もう日が暮れます」

「もう少し」

「……私は先に戻《もど》りますね」

兄は返事をすることなく、剣を振り続ける。

それを見て、妹は小さくため息をついた。

彼女は諦《あきら》めていた。あの敵は、兄如《ご》ときが数ヶ月、いやさ数年修行したところで、勝てる相手ではない。

父と母の仇を討ちたい気持ちはある。だが、その気持ちを押し通した結果、最後の肉親である兄を失うのは嫌《いや》だった。

でも、兄に復讐をやめてほしいとは言えなかった。

「どこかの誰かが、あいつを殺してくれればいいのに」

彼女はまだ知らない。

『オーク英雄《ヒーロー》』が復讐を終わらせてくれることを。


あるサキュバスは星の下の荒野《こうや》にいた。

星の下には人の町の光があった。彼女は町を見なかった。ただただ空を見上げていた。

思い出すのは昔のこと。戦争中に、幾度となく戦った者たちのこと。

あの頃は良かった。何も考ずに戦い、疲《つか》れたら泥《どろ》のように眠《ねむ》り、さりとて深い眠りに落ちることはなく、敵襲《てきしゅう》の報で叩《たた》き起こされた。

ずっと疲れていたが、充実《じゅうじつ》していた。

（今はダメねぇ、余計なことを考えちゃうわぁ）

彼女は考えてしまう、こうして野宿することになった経緯《いきさつ》を。

サキュバスだからと、町に逗留《とうりゅう》することすら許されず、追い出された経緯を。

「平和って本当に……」

サキュバスを見下した女領主の顔、サキュバスと見るや否《いな》や、嫌悪感《けんおかん》を隠そうともしない人々。

彼らがサキュバスを前にして口にするのは、侮蔑《ぶべつ》と嘲弄《ちょうろう》。

戦争は終わった。世界は平和になった。

世間ではそう言われてはいるが、サキュバスにとっては違う。残念ながら、平和は一部の種族にとってのものだ。

「クソくらえだわぁ」

サキュバスは星を見る。

かつて砂漠《さばく》で、あるオークと共に見たのと同じ空を。

彼女はまだ知らない。

『オーク英雄《ヒーロー》』が世界に平和をもたらすことを。

あるドラゴンは骨と一緒《いっしょ》にいた。

その骨は、変わり者のドラゴンだった。

人間に興味があり、よく人里に降りては、人々に恐れられていた。

ドラゴンには、骨がなぜそんなことをしているのかわからなかった。人間なんて食い出もないちっぽけな存在、放《ほう》っておけばいいのに、と。

しかし骨はずっと人間に興味を持っていたし、あまつさえ人間と交尾《こうび》し、卵まで作った。

太古の昔、そういうドラゴンがいなかったわけではないらしいが、理解できない話だった。

ドラゴンはそんな変わり者が嫌《きら》いではなかった。

骨のする人間の話は面白《おもしろ》かったし、楽しかった。

話の内容自体に興味はなかったから、きっと骨が嬉《うれ》しそうに話をするのが、好きだったのだろう。

そんな骨は、ある日死んだ。

ある時、ちっぽけな人間がやってきて、骨を説得して、連れて行ってしまった。

そして、骨は骨になった。

人間同士の戦争に参加して、戦い、死んだのだ。

骨の死体は、骨を倒した連中の手によって回収された。人間にとって、ドラゴンの体というのは貴重品の山らしいから。

ドラゴンのところに骨が骨になってやってきたのは、骨を連れて行ったちっぽけな人間が、頭蓋骨《ずがいこつ》だけを持ってきたからだ。

人間はドラゴンに必死に謝っていた。

ドラゴンは生まれて初めて悲しい気持ちになった。同種が死ぬのを体験したのは初めてではないが、人間の謝り方があまりにも真摯《しんし》だったから、取り返しのつかないことが起こってしまったのだと理解できたのだ。

ドラゴンは一年ほど悲しみに沈《しず》んで過ごしていた。時折そこらを飛んで、人間を殺して食べて回った。なんで骨は人間の戦争なんかに与《くみ》したんだと悩《なや》んだ。

それらが収まった時、ふとドラゴンの中に、今までになかった感情が湧《わ》いた。

興味だ。

ドラゴンは、人間に興味を持った。こんなちっぽけで、弱くて、ドラゴンが来ると逃《に》げ惑《まど》うしかない人間が、どうやってあの骨を殺すことができたんだ、と。

彼女はまだ知らない。

骨を殺したのが『英雄《えいゆう》』と呼ばれるオークだということを。

閑話《かんわ》「その後のジュディス」

それは、ジュディスがバッシュと出会って三日後の出来事だった。

ジュディスは、その日、部下の兵士たちと共に、街道《かいどう》の警備を命じられていた。

街道の事件はすでに解決したはずだが、念《ねん》の為《ため》に街道に異常が無いか、先日の洞窟《どうくつ》に残党がいないかを確認《かくにん》してこい、異常がなければ掃除《そうじ》でもしてこい、と。

そんな無駄《むだ》とも言える任務を言い渡されたのは、ジュディス以下数名。先日事件を解決したのと同じ面々だった。

要するに、罰《ばつ》の一種であった。

ヒューストンは合理主義者だ。命令違反《いはん》に対して罰を与《あた》えなければ他《ほか》に示しがつかないため、そうするが、謹慎《きんしん》は時間の無駄だと考えるタイプだ。

二日の謹慎に、一日の無駄な作業。

それ以上はお前らに暇《ひま》なんか与えねえ、これから毎日の激務が罰だ。

ヒューストンは言外にそう言っていた。

ジュディスも兵士たちも、それがわかっているからこそ、粛々《しゅくしゅく》とその任務を受け、街道へと赴《おもむ》いたのだ。

何事もなく終わる任務だと、誰《だれ》もが思っていた。

しかし、そうはならなかった。ジュディスたちが街道に到着《とうちゃく》するとほぼ同時に、森の中から一人のオークが這《は》い出てきたからだ。

一般《いっぱん》的なグリーンオーク。片手には戦斧《せんぷ》があり、背中には大きな棍棒《こんぼう》が背負われていた。戦いとなれば、両手に武器を持って戦うのだろう。

「オークか。おい、そこのお前、こんなところで何をしている？」

バッシュと出会う前なら、問答無用で拘束《こうそく》していたところである。あるいは出会った後の今なら、森からオークが出てきても、さして気にせずスルーしたかもしれない。

だが、今は街道の警備中であり、森から出てきた者は不審者《ふしんしゃ》だ。誰何《すいか》せずにはいられない。

「なんでてめぇにんなこと教えなきゃなんねぇんだ？」

「私がクラッセルの騎士《きし》ジュディスで、現在、この道を警備しているからだ」

「ヘッ……その声にその名前……女騎士か……」

オークが下卑《げび》た笑《え》みを浮《う》かべる。

今からお前をぶっ倒して、犯《おか》してやるぜという態度がありありな笑みだ。

よく見れば、体つき一つとっても、腕《うで》回りなどは太いが、バッシュと違《ちが》い、腹が出ているし、威圧感《いあっかん》のようなものはまるで感じられない。

「……はぐれオークか」

「ヘッ、だったら何だってぇんだよ」

「別に何もない。どうしてお前らはぐれは、オークキングの掟《おきて》を守らず、国の外に出てくるのかと思ってな」

「ハッ、決まってんだろ。オークがもう終わりだからだよ。オークの誇《ほこ》りは失われ、どいつもこいつも家畜《かちく》みてぇな毎日を送ってる。お前らヒューマンは俺たちのことを豚《ぶた》って言ってるらしいが……その通りすぎて、怒《おこ》る気すら失《う》せる」

「だから、国を出たと？」

「そうさ！　俺様がオークの誇りってやつを、他の種族に教えてやろうと思ってな！　へへ、まずはオメェだ、女騎士！　ぐちゃぐちゃに犯して俺の子供を産ませてやるぜ」

ジュディスは露骨《ろこつ》に顔をしかめた。

思い返すのは、ほんの三日前に出会ったオークの顔や言動だ。

「英雄と呼ばれる者とはぐれに落ちる者で、こうも違うのか……」

「英雄だとぉ？　てめぇにバッシュさんの何がわかるってんだ」

「先日、会った」

「……なにぃ？」

「あの方は、はぐれなどにならず、自暴自棄《じぼうじき》にもならず、オークの誇りを回復させようとしていた。お前と違ってな」

「バッシュさんが、オークの誇りを……？」

「ああ」

ジュディスは丁寧《ていねい》に、数日前の出来事を教えてやった。

バッシュがいかに紳士《しんし》であったか、どれだけヒューマンである自分が失礼な態度を取ったか、それを意にも介《かい》さなかったか。そしてどれだけ自分が愚《おろ》かで、そんな愚かな自分を、バッシュがどう助けてくれたのかまでを、赤裸々《せきらら》に。

そしてバッシュがいかなる志を持って、旅を始めたのかを。憶測《おくそく》混じりに。

「まさか、バッシュさんがそんな……女騎士を目の前にして、犯しすらしないなんて……」

「バッシュ殿《どの》ははぐれではない。オークキングの決めた掟に従っているのだ。己《おのれ》の本能を抑《おさ》えてな。だからこそ、私のような愚か者も、オークは誇り高き種族であると認識できたのだ」

「バッシュさん、何日か姿を見ていないと思ったら……」

「己を捨てて種族に殉《じゅん》じる。そうできるものではない。お前も見習ったらどうだ？」

ジュディスはそう言って、剣《けん》を抜《ぬ》いた。

どれだけ言ったところで、所詮《しょせん》ははぐれオークだ。ジュディスの言葉など挑発《ちょうはつ》としか取るまい。イキのいい雌《めす》が犯される前に吠《ほ》えている、ぐらいにしか思っていないのだ。

今まで、ずっとそうだった。

ジュディスははぐれオークとの交戦経験など数える程度しかないが、それでも、その全《すべ》ての戦闘《せんとう》においてそうだった。

「……」

「うん？」

しかし、はぐれオークは踵《きびす》を返していた。

相変わらず斧は持っているが、戦う気はないのか、だらりと下げていた。

「どうした？　どこにいくつもりだ？」

「決まってんだろ。帰んだよ」

「珍《めずら》しいな。今までのはぐれオークは、私を見るや否《いな》や、すぐに怒《いか》り狂《くる》って襲《おそ》いかかってきたものだが……」

「ああ、てめぇみたいのにコケにされたまま背中を見せるのは気に食わねえが……バッシユさんがオークの誇りを取り戻《もど》そうと動いてくださってんのに、俺が迷惑《めいわく》掛けるわけにはいかねえだろうが。てめぇらがどうしても俺様とやりてぇんなら、俺もオークだ。誇りのために戦うが……」

「いや、お帰りいただくのであれば、止めはしない」

オークは鼻で笑うと、茂《しげ》みへと戻っていく。

ジュディスはややあっけに取られつつ、それを見ていた。

今まで、はぐれオークと言えば、理性など欠片《かけら》もない者たちだった。だからこそジュディスもそう扱《あつか》ってきたし、ヒューストンはすぐに殺せと命令していた。

実際、目の前のオークもまた、今までとなんら変わらない態度を取っていた。

だが、どうだ。

バッシュの名前を出した途端《とたん》、歴戦の戦士のような理知的な目つきとなり、帰っていった。

『オーク英雄《ヒーロー》』。ジュディスですら感銘《かんめい》を受けるほどの人物であったが、やはり国元においては、絶大な信頼《しんらい》を得ているということなのだろう。

「はぐれオークが、あれだけ素直《すなお》になるとは……我々は、思った以上に凄《すさ》まじい人物と出会ってしまったようですね……」

兵士たちがぽつりと呟《つぶや》いた。

ジュディスも同じ気持ちだった。『オーク英雄《ヒーロー》』バッシュ。こうしてはぐれオークと見比べてみると……いや、今まで出会ってきたヒューマンたちと比べてもなお、英雄と呼ぶに相応《ふさわ》しい人物だった。

「そうだな。ヒューストン様がへこへこするわけだ」

「そういうジュディス様も、次に出会ったらへこへこするでしょう？」

「次に子供を産めと言われたら、断れんかもしれんな」

オークは嫌《きら》いだ。見るだけで嫌悪感《けんおかん》が湧《わ》き出てくる。

「冗談《じょうだん》はおいといて、さっさと奴《やつ》らのねぐらにいくぞ。ヒューストン様は、明日《あした》からこれ以上の激務を用意しているようだ。バッシュ殿に失礼を働いた分は返さないとな」

「失礼を働いたのはジュディス様だけでしょ」

「うるさい、いくぞ」

だが、そんなオークの中にも例外はあるのだと、ジュディスは改めて思うのだった。

あとがき

皆様《みなさま》はじめまして、あるいは以前どこかで私の作品を読んだことのある方は、ご無沙汰《ぶさた》しております。理不尽《りふじん》な孫《まご》の手《て》と申します。

まずはこの場を借りて、『オーク英雄物語《えいゆうものがたり》』を手にとってくださった皆様への謝辞《しやじ》を述《の》べさせていただきます。

皆様、本当にありがとうございました。

……ここで「○○に捧《ささ》ぐ」みたいなことを書ければかっこいいのでしょうが、生憎《あいにく》と友人も少なく、どっかの英雄よろしく独身貴族で悠々自適《ゆうゆうじてき》に暮らしている私には、捧《ささ》げる相手もいません。どっかに転がってませんかね。

ついでに言うと、あとがきというものを書くのも初めてで、何を書けばいいのかすらわかっていません。

いやほんと、何を書けばいいんだ……そう思ってツイッターで聞いてみたところ、この物語を書くきっかけや、近況《きんきよう》などを書けばいいよと教えていただきました。なのでそうします。

この物語を書くきっかけを語るに至《いた》り、やはり避《さ》けて通れないのは編集Uとの出会いについてでしょう。

ぶっちゃけどうやって出会ったのか、さっぱり憶《おぼ》えていないのですが。まぁ、曖昧《あいまい》な部分は適当に捏造《ねつぞう》して補完していきますので、ご了承《りょうしょう》ください。

あれは199X年。世界が核《かく》の炎《ほのお》に包まれた頃《ころ》の話で、我が家の周囲をモヒカンの男がバイクに乗ってぐるぐる回っていたのを憶えています。間違《まちが》いありません。

インドア派の私は、バリケードで包まれた家の中で、小説家になろうのマイページを開いていました。モヒカンにやられる前に『無職転生《むしょくてんせい》』の感想欄《らん》でも眺《なが》めようと思ったのです。

するとそこに赤い文字、何者かからのメールが来ていました。

そのメールには、一緒《いっしょ》に仕事をしたいから興味あったら返信をくれ、といった旨《むね》のことが書かれていました。

『無職転生』が完結し、次の作品もまだ書いていない頃の私に対し、です。

特に仕事をしたいとも、興味があったわけでもないのですが、なんとなく私は返信をしていました。

するとなんと！　編集部の金で飯をおごるから、ちょっと名古屋まで出てこいと言ってきたのです。

私は一も二もなく、その提案に飛びつきました。なにせ、もう三日も籠城《ろうじょう》しているため、食料が尽《つ》きかけていたからです。

私はメールの編集Uと会う約束をし、家を飛び出しました。

そしてそこで、騙《だま》された、と気づきました。

そう、家を出たところに、釘《くぎ》バットを持ったモヒカンが待ち受けていたのです……。


こうして私は編集Uと出会いました。

その後は、一緒にサザンクロスに潜入《せんにゅう》したり、十字稜《じゅうじりょう》に登ったり、井戸《いど》を求めて村を襲《しゅう》撃《げき》したり、うわらばって言いながら爆散したり、ノクターン小説である『童貞《どうてい》オークの冒《ぼう》険譚《けんたん》』に影響《えいきょう》を受けたりしつつ、『オーク英雄物語』の執筆《しっぴつ》が開始されたのですが、詳《くわ》しい話はまた後日ということで……。

と、そんな感じで文字数も稼《かせ》げたことで、真面目《まじめ》に書きましょう。そろそろ怒《おこ》られそうですから。

この作品、『オーク英雄物語～忖度列伝《そんたくれつでん》～』は、一人の英雄が童貞《どうてい》を捨てようともがいているうちに、なぜかあらゆる人を救ったり、国を救ったりしてしまう、そんな話になります。

あんまり成長とかはしないかもしれませんが、読んだ人がくすりと笑いつつも誇《ほこ》らしい気持ちになれるような、そんな物語を目指していこうと思っています。

皆様、どうか温かい目で見守っていただければ幸いです。

どうか、よろしくお願いいたします。

――それでは、改めまして。

編集部の皆様、素敵《すてき》でえっちなイラストを書いてくださった朝凪《あさなぎ》さん、『無職転生』の仕事のせいで注力できず、多大なご迷惑《めいわく》をお掛《か》けしております編集Kさん、その他《ほか》、この本に関《かか》わってくださった全《すべ》ての方々。

それから、なろうでこの小説を楽しみに読んでくださっている方々、応援《おうえん》の声を掛けてくださった方々。

本当にありがとうございました。

理不尽な孫の手

第二章　エルフの国

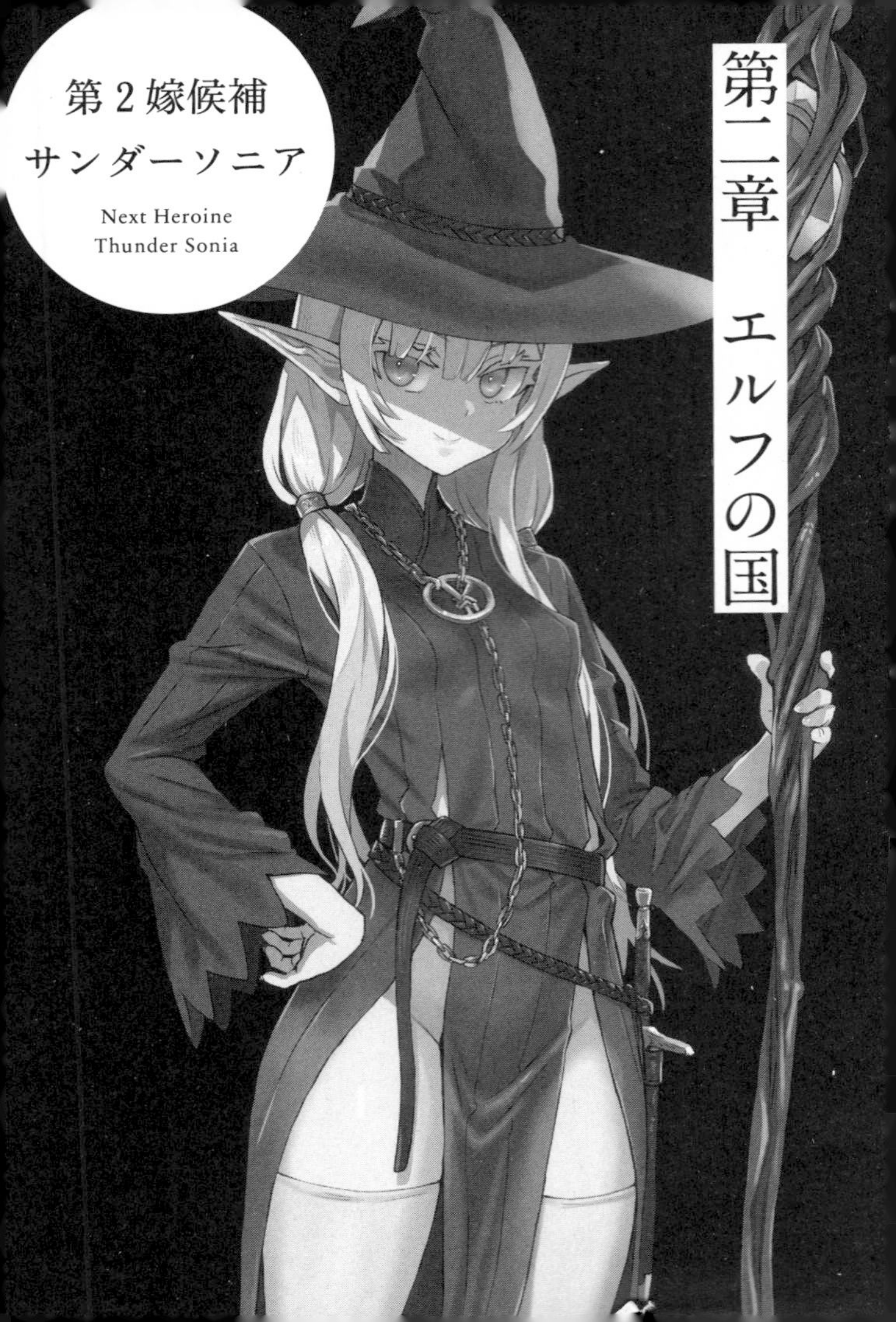

Next Episode

次巻予告

次なる嫁候補を求めて、エルフの国に辿り着いたバッシュは、
衝撃の事実を知ることに。

「ヤバイ事実が判明したっす！　ヤバイっす！　マジヤバイッス！」

「何があった？」

「なんと、なんと、なんとですよ！　今、エルフの国では……」

「異種族との結婚がブームらしいっす！」

千載一遇の好機を『オーク英雄』は掴むことができるのか！？

ＷＥＢ上でも屈指の人気を誇るヒロイン、
サンダーソニアがついに本格参戦！

シワナシの森編

Scheduled to be released
in winter 2020

２０２０年冬
発売予定

お便りはこちらまで

〒一〇二―八一七七
ファンタジア文庫編集部気付
理不尽な孫の手（様）宛
朝凪（様）宛

富士見ファンタジア文庫

オーク英雄物語《えいゆうものがたり》
忖度列伝《そんたくれつでん》

令和2年7月20日　初版発行

著者——理《り》不《ふ》尽《じん》な孫《まご》の手《て》

発行者——三坂泰二
発　行——株式会社KADOKAWA
〒102-8177
東京都千代田区富士見2-13-3
0570-002-301（ナビダイヤル）
印刷所——株式会社暁印刷
製本所——株式会社ビルディング・ブックセンター

ISBN978-4-04-073665-5 C0193 ◇◇◇

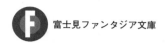

その剣《つるぎ》
WEBで圧倒的人気の
剣戟無双ファンタジー!
シリーズ
好評発売中!!
月島秀一
illustration もきゅ
一億年ボタンを連打した俺は、
Ichiokunen Button wo Renda shita Oreha,Saikyo ni natteita
気付いたら最強になっていた
～落第剣士の学院無双～

STORY

周囲から『落第剣士』と蔑まれる少年アレン。彼はある日、剣術学院退学を賭けて同級生の天才剣士と決闘することになってしまう。勝ち目のない戦いに絶望する中、偶然アレンが手にしたのは『一億年ボタン』。それは「押せば一億年間、時の世界へ囚われる」呪われたボタンだった!?　しかし、それを逆手に取った彼は一億年ボタンを連打し、十数億年もの修業の果て、極限の剣技を身に付けていき――。最強の力を手にした落第剣士は今、世界へその名を轟かせる!

ファンタジア文庫